염상섭 문학

채석장의 소년
採石場의 少´

염상섭 장편소설

채석장의 소년

해설 김재용(원광대)

글누림

채석장의 소년

염상섭 지음
김호성 그림

차 례

제1장
거리에 맺은 인연

거리에 맺은 인연

처서(處暑)가 지났으니 노염(老炎 = 늦더위)도 마지막 고비다. 제법 선들한 가을바람이 가벼이 후르르 끼치면, 땀에 밴 샤쓰가 등에 처끈하고 붙는 것이 시원은 하나, 폭양 밑에서 일에 뻐친 완식(完植)이는 몸이 하도 고달파서, 얼굴에서부터 전신에 비지땀은 흘리면서도, 그 찬 기운이 도리어 뼈에 저리게 스미어 싫다. 오스스한 품이 감기나 들지 않았나? 병이 나려나? 하는 생각을 완식이는 어린 마음에도 혼자 해 가며 조약돌을 깨뜨리는 마치질을 쉬지 않고 있다. 땟덩이 수건을 쓰고 마주 앉아서 돌을 깨는 어머니도, 아무 소리 없이 장도리를 든 손만 부지런히 놀린다.

햇발은 까맣게 치어다보이는 산기슭에 이울어 가고, 선들바람도 나기는 하였지마는, 학교 운동장보다도 더 넓은 이 채석장 안은, 한나절

불볕에 아직도 이글이글 끓는다. 나무 그늘 하나 없는 이 벌판에서, 간신히 대팻밥모자 하나로 얼굴을 가리우고, 종일을 앉아 있는 완식이의 등은, 여전히 따갑고 머릿속은 멍하니 닳았다.

쨍그렁 땅땅 하고 큰 돌을 쪼개는 모진 금속성의 큰 망치 소리, 여기저기에 널려 앉아서 또드락또드락 하고 돌 다듬는 소리가 하얗게 깎아지른 화강암의 절벽 밑에서, 이 넓은 마당으로 퍼져 흘러나오는 사이로 어느덧 한가롭게도 풋볼 지르는 소리가 뻥뻥 나기 시작하였다. 똑같이 깨끗한 운동복에, 검정 목달이구두를 신은 어린아이 둘은 절벽을 등지고 섰고, 바깥쪽에 서서 이리로 공을 질러 넣는 좀 큰 아이는, 소년 축구단의 선수인지, 본격적으로 스타킹에 축구화를 신었다. 어린아이의 발길이건마는 공은 제법 팽팽 난다. 단조로운 일에 짜증이 난 완식이는, 처음에는 호기심과 부러운 생각에, 손을 쉬고도 바라보고, 마치 든 손을 놀리면서도 가끔가끔 고개를 들어 보았으나, 이제는 그것도 심상하여졌다.

커다란 공이 뒤로 댁대굴댁대굴 굴러간다. 완식이는 무심코 돌아다보며 벌떡 일어나서 한번 질러 보았으면 시원할 것 같았으나 참아 버렸다. 생전에 저런 공은 발길에 대어 본 일이 없다. 전쟁 통에는 풋볼은커녕 고무공도 없던 시절이라 초등학교에서 돌멩이를 굴리며 고무신짝의 앞부리를 금시로 꿰뜨려서 어머니한테 야단도 좋이 맞았던 것이다.

완식이는 이런 생각을 어렴풋이 하며 장도리 든 손을 여전히 놀리고 앉았자니, 별안간 윙 소리가 나며 무엇인지 관자놀이를 내받는 바람에, 어찔하고 귓속이 잉 하며, 그만 장도리를 손에 든 채 쓰러졌다. 채 눈을 뜰 새도 없었으나, 뺨을 껄끔하고 스친 것이 뻣뻣한 가죽인 모양이니, 공인가 보다는 짐작만 어렴풋이 들었을 뿐이요, 그 다음 일은 까맣다.
……

얼마가 지났는지 어쩐둥 정신이 들며 눈을 번히 뜨고 보니, 어머니의 무릎에 안겨 누웠고, 누구인지 제 또래만 한 어린 학생 아이가 눈이 똥그래서 걱정스레 들여다보며

"인제 정신 나니?"
하고 물으며, 이마에 얹힌 물수건을 들어다가 옆에 놓인 바가지 물에 다시 축여서 얹어 주고 있다.

"음……"

완식이는 대답인지 아파서 나오는 신음소리인지 한마디 하고서 고개를 돌려서 위에서 말뚱히 내려다보는 아이의 얼굴을 마주 치어다보며.

'정말, 우리 집 동네에서 보던 그 애로구나!'
하는 생각이 흐릿한 머릿속 저 뒤에서 어렴풋이 떠올랐다. 아까부터 공을 마주 지르던 세 아이 중에, 이 아이가 눈에 익어서 보던 아이다 하는 생각이 있었던 것이다.

"안됐다, 잘못했다."

머리에 쓴 하얀 등산 모자 밑에서, 반짝이는 똥그란 예쁜 눈이, 이제야 안심한 듯이 싱긋 웃는 것을 보고, 완식이는 또 한번

"응……"
하고 말 뒤를 길게 빼었다. 도리질을 하여 보이지는 않았으나, 이번의 '응'은 저편의 사과에 대한 인사였다.

"안되었습니다. 용서해 주세요."

학생 아이는 완식이 어머니에게 몇 번이나 허리를 굽혀 보였다.

"미안합니다. 잘못했습니다."

다른 두 아이들도 뒤따라 꾸벅꾸벅 절들을 하였다.

"무어 무심코 그렇게 된 거지 어디 일부러 한 일인가, 애들 쓰지 마라."

이 소년의 어머니는 정신이 난 아들의 겨드랑이를 좌우로 껴 일으켜 앉히며 예사로운 목소리로 대꾸를 하여 주었다. 아이들을 치어다보는 그 눈은, 웃음은 띠어 보이지 않았으나 아무 악의 없이 어질어 보였다. 까맣게 탄 얼굴도 잔주름은 잡혔으나, 볼이 볼록하고 좀 심술스러울 듯한 이 아이의 모습과는 달라 갸름하니 상냥스러운 낯이다. 이 아낙네는 앞에 앉은 아들이 별안간 쓰러지는 것을 보고, 에구머니 소리를 치며 뛰어들어 안은 뒤로 인제야 비로소 입을 여는 것이었다. 아이들이 우우 꼬여 들어서 법석을 하고, 저편 우물의 물을 떠다가 물수건질을 해 주고……한참 부산한 동안에도 해쓱히 눈을 감고 안긴 아들의 얼굴만 조용히 들여다 볼 뿐이지, 입을 벙긋도 아니하던 이 아낙네가, 나중에 무슨 야단을 치고 참았던 분풀이를 할 지 몰라서 눈치만 슬슬 보고 겁을 잔뜩 집어먹었던 아이들은, 천만뜻밖에도 도리어 애를 쓰지 말라는 곱살스러운 말에 일변 가슴을 쓸어내리며, 일변 고맙고 한층 더 미안한 마음에 저희끼리 마주 치어다보며, 연해 안됐습니다, 안됐습니다, 소리만 뇌이고서, 그 자리를 떨어져 공이 굴러 있는 데로 왔다. 그러나 선머슴들의 생각에도 이런 험상궂은 막벌이는 할망정, 무던하고 얌전한 어머니라고 속으로 탄복하는 것이었다.

(2)

뻥!

그중의 점잖은 아이는, 내닫는 길로 공을 한번 시원스럽게 내질렀다. 이것을 보자 쓰러진 완식이를 간호하여 주던 아이가

"인제 그만 두고 가자꾸나."

하고 말리면서 뒤를 돌아다보았다. 그 모자(母子)는 돌 깨뜨리던 자리에는 눈에 안 띄었다. 그러나 그러한 실수가 있은 끝이라, 흥도 빠지고 그 모자가 보는 앞에서 또 공을 차기가 미안한 생각이 들었던 것이다.

"그까짓 것쯤 어쨌단 말이냐? 일사병으로 쓰러졌지, 우리 공 때문이라던. 어서 자리들 가서 서라."

축구화를 신은 점잖은 아이는 명령하듯이 핀잔을 주었다. 이 아이도 사설 하나 아니 만나고, 그 아낙네가 곰살궂게 굴던 것이 고맙지 않던 것은 아니나, 그야말로 그까짓 것쯤 벌써 잊어버렸다.

세 아이는 다시 공을 차기 시작하였다. 그러나 눈에 잠깐 안 띄던 까무러쳤던 아이가, 바로 저편 뒤 그늘에 와 앉아서 머리를 쉬고 있는 모양을 보니, 구호해 주던 소년은, 활수 있게 공만 뻥뻥 지르고 있기가 역시 안된 생각이 들었다. 어머니는 아들을 데려다가 저기 앉히고, 자기만 일터로 가서 혼자 돌을 쪼개고 있다.

간호해 주던 소년은 몇 번이나 흘끔흘끔 돌려다 보며 아픈 아이의 기색을 살피다가 공은 두 아이에게 맡겨 두고, 쉴 겸 완식이가 앉아 있는 그늘로 왔다.

"좀 어때? 인젠 괜찮으냐?"

소년은 완식이의 얼굴을 내려다보며, 어른답게 묻는다.

"아직도 좀 힝 해."

완식이는 잠깐 거들떠보고는 고개를 떨어뜨린다.

그러나 아까는 까만 얼굴이 파랗게 질려서, 곧 숨이 넘어갈 것만 같아서 겁이 났었지만, 이제는 핏기가 돌아서 두 볼이 불룩한 검붉은 얼굴이 제대로 피어났고, 눈은 열기가 있어 그런지 퀭하니 커닿고 어글어글하다. 소년은 완식이가 아까 까무러쳤다가 피어나며 눈을 반짝 뜰 때부터, 그 모습이 돌 깨뜨리는 아이 쳐 놓고는, 어딘지 점잖은 집 아이같이 귀염성스러웁고 또랑또랑한 그 맑은 눈매에 호감을 가졌던 것이지마는 다시 볼수록 저의 반에서 날마다 만나는 동무 같은 친숙한 생각이 드는 것이다.

"아, 혼났다! 아무려면 그까짓 공에 얻어맞고 대번에 쓰러지더란 말이냐."

소년은 완식이 옆에 퍼더버리고 앉으며 웃었다. 완식이도 그까짓 풋볼에 맞고 쓰러진 것이 부끄러운 듯이 싱긋하며 소년을 돌려다 보았다. 그 웃는 입모습과 눈찌가, 잠깐 본 저 어머니와 어쩌면 그렇게 같을까 싶어, 소년은 또 새삼스럽게 친한 생각이 들었다. 소년의 머리에는, 아까 잠깐 눈을 스쳐간 이 아이 어머니의 그 어진 눈찌와, 정다워 보이던 입모습이 언제까지나 사라지지 않았던 것이다. 이 소년은 오랫동안 보지 못하던 영원히 잃어버린 어머니의 어진 눈과 어머니의 웃는 입모습을 거리에서 찾은 듯이 어진 머리에 비추었던 것이다.

"너 웃는 걸 보니 참 마음이 좋구나, 나 같으면 말도 안 하려 들 텐데……."

소년은 진심으로 또 탄복하였다. 동네에서 고무공을 가지고 놀다가 장독대에만 떨어져도

"장독 깨진다. 어떤 망할 녀석들이냐?"

하고 소리를 고래고래 지르지 않으면, 비싼 밥 먹고 좁은 골짜기에서 이게 무슨 개지랄들이냐, 큰 길로 나가 놀라고, 개새끼 몰아내듯이 내쫓는 것이 점잖다는 집의 어머니인데, 네 어머니는 어쩌면 그러냐고 물어 보고 싶을 지경이다.

"너 어디 사니?"

"저 전찻길 건너 중학교 뒤에."

완식이는 옆에 앉은 소년의 토실토실한 쪽 뻗은 정강이와, 그보다도 먼지는 앉았어도 탄탄한 목달이구두로 자꾸 눈이 가는 것을 외면을 하며 마지못해 대답을 하였다. 누구나 집을 묻는 것이 싫었다. 언제나 대답이 딱 막히고, 집 생각이 머리에 떠오르면 답답하였다.

"나도 그 근천데, 몇 번지냐?"

소년은 한동네가 아닌가 하는 반가운 생각에, 어디쯤 되는지 어림을 쳐 보려고 묻는 것이다.

"몰라."

제 집 번지를 모른다는 말에, 이만큼이나 똑똑한 애가 왜 이리 어림이 없나? 하는 생각으로 소년은 완식이를 빤히 들여다보았다.

"아직 번지가 없어."

완식이도 무심코 모른다고는 하여 놓았으나, 그런 얼빠진 말이 부끄럽게 생각이 들었던 것이다.

"그럼 새로 진 게로구나? 나도 바로 그 아래다."

덮어놓고 그 아래라니 어디를 대중 치고 하는 말인지, 피차에 모를 이야기나, 소년은 자기 집 뒤의 산비탈에 새로 오막살이집들을 지으니, 아마 거긴가 보다 하는 짐작이었다. 그러나 완식이는 우물우물해 두었다.

"규상아. 뭘 하니? 어서 나와."

이편에서 같이 공을 막아 내던 아이가 허덕허덕하며 돌아다보고 소년을 부른다.

"응, 가만있어."

규상이라고 불리운 소년은, 공보다는 이 깜둥이 같은 채석장의 어린 노동자와 이야기하는 것이 좀 더 신기하고 재미가 나는 듯이 코대답이었다.

"너 학교 다녔니?"

"응 작년 겨울에 그만 두었지만……."

"어디서?"

"남산 초등학교 오년급까지……."

완식이는 나도 너희만큼 공부는 했단다 하는 기색으로 뽐내 보인다.

"그 안됐구나. 왜 그만두었단 말이냐?"

규상이도 제대로 갔다면 이번 개학에 육학년이 되는 것을, 이북에서 이사 오는 통에 때를 놓치고, 그만 일 년이 늦어진 터이지마는, 국민학교를 일 년 남기고 못 다니게 되었다는 것이 가여웠다.

"집에 불이 나서 이리 이사 오느라고……."

하며 완식이는 무심코 또 눈이 규상이의 구두로 가다가 외면을 하면서 제 발을 넌지시 움츠러뜨렸다. 뿌연 먼지에 뒤발이 된 까맣게 걸은 발에 걸린 그 고무신짝이나마 코가 찢어지고, 가가 닳은 그 꼴을 내려다보면, 이 애하고 동무가 될 자기 처지가 아니라는 생각이면서도 역시 부끄러웠다.

"응! 불이 났어? 그러기루 전학을 할 일이지 우리 학교에."

"얘, 속 시원한 소리로 한다. 웬 놈의 불은 그리 잦은지, 겨우 얻어 들은 다다미 삼조방 하나나마 깝살리고 거리로 쫓겨났는데……."

완식이는 풀 없이 또 무슨 말을 이으려는데 이번에는 축구화 신은 아이가 소리를 치며 규상이더러 어서 나오라는 통에 말이 허리가 잘리고 말았다.

"규상아! 이 자식 넌 그깟 자식하고 무슨 이야기에 팔렸니? 어서 나와. 안 나올 테야?"

그깟 자식이란 말이, 규상이의 귀에도 거슬렸지마는, 이 애가 어떻게 들었을까 민망한 생각으로 넌지시 곁눈질을 해 보자니까, 머리가 휘둘린다는 이 채석장의 소년은, 그 온유해 보이던 눈이 금시로 모가 지며 얼굴은 한층 더 빨개져 간다. 악문 입귀도 바르르 떨리었다.

"저 자식 누구냐? 한 반 애냐?"

완식이의 목소리는 떨리며 무심코 두 주먹을 무릎 위에 쥐었다.

"아니, 한 반 위야. 육학년인데, 자식이 입이 걸어서……."

하고 규상이는 달래듯이 웃어 보였다.

"그깟 자식이라니, 제깟 자식은 뭐길래? 가만있으니까 뵌 듯싶어서!"

말이 떨어지기 전에 완식이는 부르르 떨며 일어섰다. 그러나 머리가 어찔하는지 옆으로 비쓸하는 것을 규상이가 선뜻 팔을 붙들어 주며,

"애 뭘 그러니? 우리끼리 일쑤 하는 말이 아니냐."

하고 또 달래었다.

"저 눔이 날 언제 알았다고 그깟 자식 제깟 자식 한다던. 축구화나 신었다고 뻐기고, 아니꼽게 남을 넘보고……."

열 간 떨어졌을 데를 눈으로 삿대질이나 하듯이 노려보며 두 주먹을 흔든다. 콧날이 오뚝하고 까맣게 탄 푼더분 얼굴만은 놀라울 만큼 매섭게 야무져 보이고, 그러지 않아도 열에 뜬 두 눈에서는 파란 불길을 뿜어내는 듯싶다.

"애, 어지럽지 않으냐? 머리가 더 아프면 어쩌니! 앉아. 내 애기 좀 들어 봐."

어느덧 규상이는 완식이의 손을 잡아 흔들었다. 완식이의 못이 박힌 껄끔껄끔하고 흙이 묻은 손바닥은 공 껍질을 만지는 것 같다. 그 대신 완식이는 규상이의 손바닥에서 폭신하고 여자의 손이나 만진 듯한 이상한 부드러운 감촉을 느꼈으나 손을 홱 뿌리치고, 이번에는 규상이를 노려보며 또 한 마디 규상이를 쏘아 준다.

"제깟 자식만 못한 놈이 어디 있겠니? 즉 아바지 덕에 배 고픈 줄 모른다고 공이나 차러 다닌다만, 나도 공부하면 나라를 위해 일한다! 뭐냐? 너희들 따위!"

완식이는 그대로 뽐내 보는 것만이 아니었다. 공에 얻어맞고 쓰러진 분풀이만이 아니었다. 그깟 자식이라고 한 멸시를 말로만 받아 내려는 대거리만이 아니었다. 전신을 떨었다.

"얘. 몸에 해롭다. 그러지 말고 우리 가자."

규상이는 그 암팡진 결기에 기가 눌리는 것을 깨달으면서, 또 한번 웃는 낯으로 달래다가 저의 어머니가 일하고 있는 편을 돌려다 보았다. 꽤 상거(相距)가 있고, 돌 깨뜨리는 소리가 요란하건마는, 아들의 목소리가 들리던지 그 어머니는 일하던 손을 쉬고 이편을 말끄러미 바라보고 앉았다가 규상이가 돌려다보는 사품에 일어나서 이리로 오려는 거동이다.

공을 차던 아이들도 심상치 않은 기세에, 말을 멈추고 바라보다가 가까이 섰던 작은 애가 다가오며,

"왜 그러냐? 왜 그래?"

하고 소리를 친다.

"아무것도 아냐. 난 간다."

규상이는 손짓으로 오지 말라고 막으며 완식이의 손을 끌고 저기서 마주 오는 저 어머니에게로 다가갔다.

"왜들 그러니! 인젠 머리가 나냐?"

완식이 어머니는 중도에 멈칫 서서 말을 건다.

“괜찮아요 우리 집에 가는 길에 제가 데려다 주렵니다.”

아들이 흥분 끝에 고개를 떨어뜨리고 잠자코 걸으니까 규상이가 앞질러 대꾸를 하였다.

“무얼 저 혼자 가라지.”

수건 쓴 밑에서 눈길이, 그 어질어 보이는 눈길이 규상이와 또 한 번 마주쳤다. 입가에는 상긋이 웃음빛도 어리어 보였다. 땀에 전 셔츠에 노닥노닥 기운 누런 잠방이를 입은 자식과, 어느 댁 도련님인지 모르는 해사한 소년을 나란히 세워 놓고 보고는 자식이 불쌍하고 부끄럽기도 하였으나, 그런 조촐한 아이와 우연히 동무가 되어서 손길을 맞잡고 오는 양이 마음이 좋기도 하여서, 저절로 웃음이 떠올라 오는 것이었다.

“눈알이 벌겋구, 열이 있는 게로구나? 어서 가서 누웠거라.”

어머니는 조약돌이 수북이 쌓인 데까지 와서 거기 던져놓은 대팻밥 모자를 집어 주며, 아들의 이마를 잠깐 짚어 보더니 눈살을 찌푸리며,

“감기로구나. 집에 가거든 한데[窓外] 눕지 말고 들어가 누웠거라.” 하고 자상히 가만가만 이른다.

규상이는 이 아이의 모친이 아들의 머리를 짚어 보아 주는 것을 보고 외면을 하였다. 마치 완식이가 규상이의 구두를 바라보다가는 외면을 하듯이 부러웠던 것이다.

“어머니. 그럼 오늘은 웬만큼 하시구 일찍 오세요”

“염려 마라 네 몫까지 마저 끝을 내자면 좀 늦을지 모르니, 누이 들어오거든 저녁 지으라구 해라.”

완식이 어머니는 다시 규상이를 치어다보며,

"저 학생은 놀지도 못하고, 데려다줄 것은 뭐 있어. 혼자 가라지."

하고 이번에는 규상이에게 인사성으로 정말 웃는다. 까맣게 탄 주름살 진 얼굴에 하얀 이빨이 유난히 반짝하고 드러나 보인다. 누렁 몸빼에 찌들은 적삼을 입고 뚫어진 운동화짝을 신은 이 아낙네는 시골구석에서 늙은 농사군의 여편네로 밖에는 안 보이나, 가까이 자세 보면 그 가냘픈 몸매라든지, 마디는 굵고 거칠어도 갸름한 조그만 손이라든지가, 도저히 이런 억센 일을 해낼 노동 부인 같지도 않거니와, 어린 규상이의 눈에도 그 고생에 찌든 얼굴에서 어딘지 모르게 행세하는 집 아낙네 같은 기품이 있어 보이는 것이었다.

"아녜요. 염려 마세요."

규상이는 모자까지 벗어 인사를 하고 돌쳐서면서도 어쩌면 젊어서 공부한 여자인지도 모르겠다는 생각을 하여 보고는 어쩌다 저 지경이 되었을까, 하고 까닭 없이 가슴이 찌르르한 것을 깨달았다.

(3)

"더우니, 빙수나 한 그릇 먹구 가자."

서너 시 되었겠지마는, 인가가 즐비한 거리로 들어서니 아직도 무덥 다.

"싫어."

잠자코 타달타달 걷는 완식이는 고개를 내둘렀다. 메리야스 등에는 땀자국에 먼지가 까맣게 앉아서 내천자(川字)를 그리고, 울이 닳은 고무신에서는 발을 떼어 놓을 때마다, 빈대 약통처럼 펄썩펄썩 먼지를 뿜어내었다. 그러나 대팻밥모자를 머리에 얹은 조그만 뒷모양은 앙증한 땅딸보였다.

"그러지 말구, 여기 들어가 보자꾸나."

빙수집 앞에서 규상이는 발을 멈추며 또 한번 끌어 보았다.

"싫다, 너나 먹고 오렴. 난 빙수란 먹어 본 일도 없으니까."

완식이는 이렇게 뿌리치는 소리를 하며 뒤도 아니 돌아다보고 핵핵가 버린다. 어디까지 끌끌하다. 규상이는 하는 수 없이 그대로 뒤따라섰다. 아까 그깟 자식이란 말에 주먹을 부르쥐고 분개하던 말이나, 저의 어머니한테 깍듯한 존대로 인사를 하고 오는 것을 보고도 그렇지 않게 자란 아인가 보다고는 생각하였지마는, 적이나 하면 빙수를 사 주마는 말이 떨어지기가 무섭게 앞장을 설 텐데, 한 번도 아니요 두 번씩 불쾌한 일이 있은 뒤라 노염이 덜 풀려서 그렇기도 하겠지마는, 여간내기가 아니라고 규상이는 속으로 칭찬을 하였다. 처음부터 깔보는 마음쯤 없었지마는, 가엾다 불쌍하다 하는 생각을 지나쳐 저만큼 치어다보는 생각까지 어느덧 들어갔다. 더구나 그 어머니의 부드럽고 인자스런 눈찌와 한 마디도 나무라지 않은 맘씨를 곰곰 생각하면, 그런 어머니를 가진 이 애가 자기보다도 행복스럽다는 부러운 생각도 한 귀퉁이에 있는 것이었다.

"참 너 어머닌 좋으신 이더라."

한참 타박타박 걷다가, 규상이가 또 먼저 말을 붙였다.

"누군 어머니 좋지 않다던?"

완식이는 좀 빙퉁그러지게 공세를 취하여 핀잔을 준다.

"그야 그렇지만……너 아버지는 무얼 하시니?"

대답이 없다.

"너 아버지는 안 계시냐?"

역시 대답이 없다. 규상이는 좀 머쓱해서 한참 있다가,

"너 누나 있다지?"

하고 말을 돌려 보았다.

규상이는 여학교에 다니는 자기 누이를 생각하며 묻는 것이었다.

"그래 왜?"

여전히 싸우듯이 대드는 말씨다.

"무얼 하니?"

"신문 팔아 돈 벌지."

의외로 선뜻 대꾸를 하여 주고 나서,

"넌 학교 다니는 누나 있겠구나?"

하고 묻는다. 그러나 이번에는 규상이 편에서 잠자코 대답을 아니하였다. 이 아이의 누나는 거리에서 신문을 팔고 있다는데, 제 누나는 팔자 좋게 학교에 다닌다는 말이 무슨 자랑같이도 들릴 것 같고, 이 아이의 누나가 가엾어도 말이 선뜻 나오지를 않았다.

전찻길을 건너서 한참 내려오다가 요즈막에 새로 선 극장 모퉁이를 꼽들여, 물이 철철 흐르는 개천의 돌다리를 건너서니까, 마주 뚫린 골목 밖으로 야트막한 산비탈이 바라보인다. 이 골목을 빠져 나가서 규상

23

이는 건너편으로 치어다보이는 산기슭에 헛간 같은 두 간 세 간짜리 집이 허옇게 드문드문 늘어섰는 것을 가리키며,

"너의 집 저기냐?"

하고 물었다. 완식이는 설마 내 집이 그까짓 집이겠니 하는 듯이 외면을 하고 웃으며 아래쪽 신작로로 꼽들인다. 규상이도 잠자코 따라섰다.

"넌 어서 너의 집으로 가려무나."

완식이는 규상이가 저를 따라오는 줄만 알았던지, 길 가운데 딱 서며 규상이를 쫓아 보내려 하였다. 완식이는 규상이에게 자기 집을 알리기가 창피하여 싫었다. 이러한 어울리지 않게, 깨끗이 옷 잘 입은 아이하고 동무도 아니 되려니와, 같이 놀기도 싫었다.

"아니 우리 집이 바루 조기다."

이 거리를 빠지면 바로 네거리 신작로의 모퉁이 집이 규상이의 집이었다.

"여기가 우리 집이다. 자, 너의 집까지 데려다 주마."

널따란 네거리에 빠져 나서자 규상이는 왼편 모퉁이의 쇠창살문을 가리키며 멈춰 섰다.

"응, 잘 있거라. 난 갈 테야."

완식이는 그 집을 바로 치어다보려지도 않고, 쭈뼛쭈뼛 꽁무니를 빼며, 어서 빠져 달아나려고만 하는 거동이다. 쇠창살문 안에는 마당이 그리 넓은 것 같지는 않으나, 수목이 우거지고 높다란 이층 양관(洋館)이 눈에 언뜻 띈다. 옆에 달아서 조선집 지붕도 보이는 것이 완식이의 눈에는 굉장한 저택이다. 완식이는 눈이 부시어서 차마 치어다볼 용기

가 아니 났던 것이다.

"너의 집이 이 근처냐? 어디 가 보자꾸나."

규상이는 한 동네라면 동무가 되고 싶은 생각에 완식이의 집에까지 따라가 보고 싶었던 것이다. 그러나 완식이 생각에는 이런 대궐 같은 집에서 사는 아이가 자기 집에를 쫓아와 보겠다는 고집을 부리는 것은 무슨 구경 삼아 짓궂이 그러는 것 같아서 불쾌도 하였다.

"응, 저 산 너머야. 너희 같은 사람은 올 데 아냐."
하고 완식이는 뺑소니를 쳤다.

"그럼 잘 가거라. 내일이라도 놀러 오너라."

규상이는 훙 녀케 달아나는 완식이의 뒤에 소리를 커닿게 쳤다. 그러나 아무 대답도 없다.

'훙! 날더러 저의 집에를 놀러 오라구! ……'

완식이는 이만큼 떨어져 오니, 맥이 풀리고 다리가 금시로 무거워지며, 혼자 이렇게 코웃음을 쳤다. 지나는 말이겠지마는 그렇게 잘 사는 집에 저 같은 사람을 놀러 오라는 말은 비아냥거리는 말 같아서 어린 생각에도 도리어 불쾌하였다.

'그러나 그 애가 잠깐 이야기해 봐도 맘씨는 좋은 애야……'

이렇게 생각하면 모처럼 얻게 된 동무를 놓치는 것이 아까운 생각도 든다. 그러나 축구화 신은 아이가 머리에 떠오르자,

'쳇! 그깟 자식! ……'
하고 조그만 두 주먹을 또 불끈 쥐고 열에 뜨여 허공에 휘둘러보았다.

"그깟 놈의 볼에 쓰러지다니!"

또 한번 입 속으로 중얼거리며 주먹에 힘을 부쩍 주었다.

별안간 가슴이 답답히 막혀 오는 것 같다. 눈앞이 팽 내둘리며 집은 바로 저기 보이는데 곧 그 자리에 쓰러질 것 같다.

제 2 장
병 위문

병 위문

(1)

"어제 그 자식 뭐라고 찡얼대던?"

이튿날 규상이가 학교 운동장에서 이영길(李永吉)을 만나니까 핀잔을 주듯이 말을 건다. 영길이는 오늘도 학교에서 공을 차려는지, 스타킹에 축구화를 이것 보라는 듯이 신고 왔다.

"볼로 얻어터지구, 그까짓 자식이란 소리까지 듣고서, 누군 가만있겠니!"

그러나, 규상이가 채석장 소년의 역성을 들어 주는 말눈치에, 영길이가 한층 더 핏대를 올리며,

"제깟 놈이 가만 안 있으면 어쩐다든? 그래 동무한테 주먹을 내두르며 욕지거리를 하는 그깟 자식을 꼼짝꼼짝 달래면서 데리구 가는, 네 따위 자식은 뭐냐?"

하고 삿대질이라도 하려는 기세로, 한걸음 규상이에게로 달려든다. 영길이는 어제 분하던 품이, 곧 그 자리에서 완식이에게 달려들고 싶었던 것을, 머리가 아파하는데 쥐어박았다가 어찌될지 겁도 나고, 그 자리에 저의 어머니가 있고 보니 꿈쩍 참고 말았지마는, 그 대신에 그 애를 달래며 데리고 가던 규상이가 더 밉고, 샘도 나던 것이었는데, 그래도 지금 그 애 편을 들어주는 말을 들으니, 더욱 불끈하는 것이었다.

"남 아무려거나!"

규상이도 얼굴이 빨개지며 코웃음을 치다가.

"넌 무엇 잘났다고, 남을 깔볼 줄만 아니?"

하고 쏘아 주었다. 다른 때 같으면, "넌 왜 성미가 그 모양이냐?" 어쩌고, 좋은 낯으로 달랬겠지마는, 영길이가 첫째 싸우려는 사람처럼 덤비니, 규상이도 팩 토라져 버린 것이다.

"무어 이 자식! 그래도 내가 잘못했단 말야? 너두 내 발길 맛 좀 보련?"

영길이가 축구화 신은 떠세로 발길질을 할 듯이 덤비는 기세에, 이때까지 무심코 보던 아이들도 싸움인가 보다고 우우들 몰려들었다.

"왜 그러니? 왜 그래?"

어제 채석장에서 공을 같이 찼던 박봉수(朴鳳洙)도 예의 넙데데하고 부숭부숭한 얼굴이 나타났다.

"이 자식이 그래두 제가 잘했다니 말이지."

영길이는 봉수가 제 편이라는 생각으로 하소연을 하고는, 어깨를 으쓱하며 두 손을 허리에 올려 짚고 다시 버티어 보인다. 영길이는 규상이가 자기보다 아랫반이지마는, 동갑네요, 또 제 부하처럼 만만히 끌려다니는 봉수와 단짝이기 때문에, 자연 어울려 놀기는 한다. 그러나, 언제나 자기가 상급생이거니, 소년 축구단의 볼빽이요, 기운깨나 쓰는 고로 같은 육학년생들도 제 앞에서는 꿈쩍들을 못 하거니 하는 갸기로, 제삼자에 조금만 틀리면 친하거나 말거나 부르대고 쒜지르고 하는 버릇이다. 하지만은, 규상이는 한 반 아래일망정 첫째로 반장이다. 게다가 자기 집보다 더 잘 사는 집 아이다. 이런 점으로도 사귀어 노는 것이다. 그러니만치 기가 눌리는지, 전부터 규상이에게는 달려들려면서도 감히 손찌검을 하거나, 다른 아이들에게 하듯이 마구 굴지는 못하는 것이었다. 어쩌면 마구 굴 수가 없고 기가 눌리는 것이 안타깝고 분하여서, 더 충돌이 잦고 공연한 엄포로, 이 아이 앞에서는 더 뽐내 보는 것인지도 모른다.

"그만둬라, 그까짓 지난 일을 가지고, 싸울 것도 다 많다."

마음이 순한 봉수는, 우선 뒷죽바리 영길이부터 달래서 저만큼 떼어다 두고, 이번에는 규상이에게로 와서 달랜다. 규상이도 마음이 순하고 곱기로 말하면, 봉수만 못할 것이 아니지마는, 규상이는 결곡한 데가 있다. 사람이 그저 좋기만 한 것이 아니었다. 그러나, 마음이 착하고 뉘게나 정답게 구는 봉수는, 이러한 두 아이의 사이에서 거북한 때도 많았다. 하나는 굴레 벗은 말[馬]같이 날뛰고, 또 하나는 마음에 꼭 맞기는 하나 차근차근히 따지는 편이니 두 편이 다 어려웠다. 더구나 둘이 마주 충돌이 되면, 어느 편만을 들 수도 없고, 여간한 외교 수단이 드는 것이 아니었다.

"그 애 성미를 모르니? 언제나 불뚝하고 덤비는 것을 탄하면 무얼 하니?"

봉수는, 운동장 저 끝, 나무 그늘로 새침히 걸어가는 규상이를 뒤쫓아 가며 달랬다.

"하지만 무얼 제가 잘했다고 깡패처럼 덤비니? 난 그 애가 가엾더라."

규상이는 입귀를 샐쭉하였다.

"아니, 이영길이 생각에는 동무끼리 놀다가 내버려 두구, 우리한테 욕질을 하는 그깟 놈을 따라가는 것이 보기 싫었다는 거지."

봉수는 규상이의 눈치를 보아가며, 어제 영길이가 투덜대던 말을 전하는 것이었다.

"너두 그깟 놈이라는구나? 하지만 학교두 못 다니구 그런 벌이를 하는 것을 보니 가엾지 않으냐. 저 아버지는 없는지, 아버지 덕에 배가 부르다구, 공이나 찬다는 말을 들으니 안됐더라. 그는 고사하고 머리가 휘둘려서 쓰러질 것 같기에, 저의 집까지 데려다 주려고 따라 나선 내가, 무얼 그리 잘못했단 말이냐?"

"글쎄 그런 줄두 알았다마는, 영길이는 우리를 욕하는 놈의 편을 들고 역성을 해 주는 것이 싫다는 것이지."

봉수는 그러지 않아도, 핀잔이나 맞지 않을까 하여 조심조심 대꾸를 하려니까, 규상이가 눈을 곤두 뜨며, 단통 나무라는 소리를 한다.

"그럼, 제 편이나 제 동무면, 잘못해두 역성을 들어야 한다던?"

봉수는 좀 찔끔하며 잠자코 말았다.

"채석장에서 밥벌이를 하는 아이가, 나도 공부하고 나랏일을 할 테라고 펄펄 뛰는 것을 보니 똑똑하더라. 우리는 이때껏 그런 생각이나 했던?"

"흥! 그래?"

봉수는 허청 대꾸를 하였다.

"그런 벌이를 하는 아이가, 우리는 시원한데 앉아서 공부하기도 싫어서 도지개를 트는데, 뙤약볕에 앉아서 온종일 돌을 깨면서, 어서 집에 가서 밥을 먹을 생각을 한다든지, 한 푼이라두 더 벌어서 쌀을 살 생각은 하지 않고, 그런 생각도 하기야 하겠지마는, 나두 남과 같이 공부를 해서 나라를 위해서 일하겠다고 기를 쓰니 우리는 그 애에 비하면 빈깡통이 아니냐!"

"참 그두 그래!"

봉수는 비로소 감탄하는 소리를 쳤다.

"큰 거리로 나가서, 빙수집에 들어가자니까, 난 그런 것 먹을 줄 모르니 너나 들어가 먹으라고, 머리를 내두르고 가더라."

"그야 분김이니까 그렇겠지."

"하지만, 나하군 마음이 풀렸는데두 그러니 말이지. 너나 내나 그럴 수 있겠니? 영길이 놈 같으면, 이게 웬 공짜냐고 입이 헤에 해서, 앞장을 서 들어갈 거라. 생각을 해 봐!"

규상이는 열심이었다.

봉수도 그 말이 옳다고 생각하였다. 대팻밥모자에 찢어진 고무신짝을 끌고, 땟국에 젖은 메리야스를 입은, 조그만 그 아이의 그림자가 예전에 학교 독본에서 보던, 어떤 위인의 동상같이 눈앞에 딱 가리어 서는 듯싶고, 그 애를 또 다시 한번 만나서 자세히 보고 싶은 생각이 들 만큼 금시로 가까워진 것 같다.

"이영길이 같은 놈은 그 애에게 걸리면, 딴죽 한걸음에 쓰러질 거라."

규상이는 영길이가 미운 생각에 이런 소리도 하는 것이었다. 규상이는 영길이가 하도 밉광스럽게 구는 바람에, 어제 집 앞에서 헤어진 뒤로 잊어버렸던 완식이 생각이 버럭 나며, 그 애가 더 가엾은 생각이 드는 것이었다.

"그러나. 참, 그 애는 아프지는 않았는지 모르겠다?"

규상이는 운동장 끝, 포플러 그늘에 서서, 멀리 건너다보이는 자기 집 동네를 바라보다가, 혹시 그 애가 그 빌미로 아파 누웠다면, 가엾을 뿐만 아니라. 칭원을 들을까 보아 겁도 나는 것이었다.

"참 그러지 않아두, 아까 아침에 채석장을 지내오며 보니까, 그 앤 눈에 안 띄더라."

봉수는, 규상이처럼 그렇게 다심하게 염려까지 되어서 눈여겨본 것은 아니었으나, 어제 그 법석을 하던 자리를 지나치며 무심코 돌려다보자니까, 다른 데서 둘은 벌써 일을 하는데, 그 모자의 자리는 깨뜨린 조약돌 더미만 쓸쓸히 쌓여 있었던 것이다.

"응, 그래? ……어째, 그럴 것 같더라."

규상이는 정말 그 동티로 앓아누웠다면 걱정이라는 생각에 얼굴빛이 흐려졌다.

상학종이 때르릉 울리는 소리에 두 소년은 달음질을 쳐 가며,

"너, 있다 갈 제, 그 애가 나왔나 자세 봐라. 내일 아침두."

하고 규상이가 봉수에게 일렀다.

"응!"

그렇지 않아도 봉수는, 규상이가 그 애를 그렇게까지 칭찬하는 말에, 호기심도 생기고 가엾은 생각도 나서, 그 아이를 다시 한번 가 보려는 생각이었다.

(2)

"어제두 그 어머니만 나와서 일하더라. 참 정말 그 애 아픈 거야."

그저께 규상이의 말대로 학교를 파해 갈 제, 채석장을 지나며 보니까, 그 애는 없고 어머니만 혼자 일을 하더라더니, 어제도 그 어머니만 역시 혼자 있더라는, 박봉수의 이틀째의 보고이다.

"좀 물어 보지 않구."

"그랬다가 떼나 만나구, 약 값 물어내라구 야단을 치면 어쩌니?"

"하하하……."

규상이는 웃고 말았다. 아닌 게 아니라 가만 내버려 두었으면 그만일 것을, 서둘러 알은체를 했다가, 야단이나 만나고 약값이라도 물라면 큰 일이라고, 규상이도 겁이 좀 났다. 그러나 저의 집이 바로 우리 집 근처라는데, 어딘지 알았으면 한번 위문을 가 주었으면 좋겠다는 생각도 떠올랐다. 그 어머니도 상냥하고 좋은 어머니이었지마는, 그 아이의 다부지고 씩씩한 외양과 말솜씨가, 규상이에게는 언제나 잊히지 않아서, 아무래도 다시 한번 만나서 이야기를 해 보고 싶었다. 더구나 저희들 때문에 앓는다면 그런 눈치를 채고도 격장에 있어서 모른 척하는 것은, 사람의 인사도 아니요, 비겁한 짓 같아서 그대로 있을 수 없을 것 같다.

"봉수야, 이따 우리 그 어머니한테 가 보자."

규상이가 한참 생각하다가 말을 꺼냈다.

"글쎄……."

봉수와 규상이가 같이 가면, 설사 떼를 만난다기로 든든도 하지마는, 마다할 수도 없었다.

"너, 퍽 그 애가 마음에 드는 것이로구나?"

"그 애두 가엾지마는 그 어머니도 좀 좋은 이던. 어쨌든 우리 때문에 벌이도 못 하구, 앓아 누웠는 것을 어떻게 모른 체하고 있겠니! 약값 물라면 우리 노와 물잤구나. 영길이 놈더러 다 물래두 좋고"

영길이와는 그저께 그 말다툼이 있은 후로는, 이때껏 말도 아니하는 터이지마는, 언제나 백 원짜리를 풀풀 내놓고 군것질만 하는 영길이다. 제가 다쳐 주었으니 돈 몇백 원 내서, 가엾은 아이 구제 좀 하라는 것도 좋은 일이라고 생각하는 것이었다.

"애, 영길이두 끌구 가자."

"글쎄, 가려 할까?"

"그 자식, 입찬소리는 해두, 겁을 벌벌 낼 거라. 하지만 집에 같이 가는 길이니 모른 척하구 끌구 가자꾸나."

규상이는 영길이 따위와는 다시 말도 하고 싶지 않지마는, 저만 편안히 내버려 두고 싶지 않은 것이다. 때를 만나더라도 같이 만나서, '그깟 자식'에게 혼이 좀 났으면 좋겠다는 생각도 드는 것이었다. 무슨 앙갚음을 하자는 것이 아니라, 제가 잘못해 놓고도 남을 깔볼 줄만 알고 버티는 그 버릇이 못마땅해서다.

여름 방학 뒤에 개학한 지 며칠이 안 된 때라, 요사이는 오전만 공부를 하고 가는 아이들의 한 떼 속에는 규상이도 끼어 있었다. 봉수는 이 김에 규상이와 영길이를 사과를 붙여 주겠다는 생각도 있어서, 규상이의 말대로, 영길이를 끌고 아무쪼록 셋이 함께 짝을 지어 가려 하였다. 그러나 영길이는 처음에는 규상이가 어째서 이쪽으로 따라오누? 하고 좋지 않은 내색이더니, 아마 저와 사화를 청하려는가 보다 하는 생각이 들자 한층 더 비쌔는 수작으로 멀찌감치 떼어져서 장난꾼 패를 끌고, 떠벌리며 앞장을 서 가는 것이었다. 그러나 채석장 앞에 오자, 규상이는 날카로운 목소리로,

"이영길! ……"

하고 불렀다.

"뭐야? ……"

하마터면 "이 자식!" 소리가 입에서 나올 뻔한 것을 참고, 영길이는 돌려다보며 선다.

"너하군 다시는 말도 안 하려고 했지만, 저번 그 애가 아파 죽게 됐단다. 그래서 지금 그 어머니한테 가서 사과두 하고, 집을 배워 가지구 위문을 가려는데 너두 같이 가자."

규상이는, 그 아이가 앓아 죽게 되었다고, 부러 서두르면서, 딱 어르

는 소리를 하였다.

"돌 깨뜨리는 그깟 녀석 죽거나 살거나 내 아랑곳 있다던? 너두 할 일이 없나 보구나? 어서 가 보렴."

영길이는 냉연히 버틴다.

"아랑곳없다니? 우리 때문 아니냐? 네가 지른 공 때문이 아니냐?"

"뭐 어째? 저 돌 때문, 저 해[日光] 때문이야, 무어 어쩌고 저째?

하고 영길이는 하얀 돌산을 가리킨다.

"너 어째 그리 비겁하냐? 그래 안됐다, 가엾다는 말은 못 해두, 그렇게 말을 해야 좋겠니?"

"이 자식, 누가 비겁하다는 거야! 너 같은 동무도 모르구, 동무가 욕을 먹어도 좋아라 하구, 거리의 깍정이나 주워 가지구 동무라구 노는 놈하군 이야기가 안 돼! 우리는 일 없어!"

영길이도 겁이 나기는 났다. 겁이 나느니만큼 아랑곳을 아니하려고 꽁무니를 빼는 것이지마는, 그 사단 때문에 싸움까지 하고 난 끝이니, 내친걸음에 한층 더 뻗대 버리는 것이었다.

"응, 잘은 주절댄다마는 인제 그 애 어머니 아버지가 약값 내고, 내 자식 살려 놓라구, 너의 집에 당장 간다더라."

규상이가 한 마디 찔러주고, 봉수더러 가자고 끌려니까,

"봉수야 넌 뭣하러 가는 거야?"

하고 위협하듯이 눈을 흘긴다. "우리는 일 없어!"라고 한, 그 우리란 봉수까지 끌고 들어간 말인데, 봉수가 규상이의 편으로 붙는 눈치를 보니, 영길이는 자기만 외톨로 따돌려 세는 것 같아서 서운한 생각도 들거니

와, 심사가 와락 나는 것이었다.

일이 이렇게 되고 보니, 봉수는 둘의 사이를 붙이기는 고사하고, 어느 편으로 붙어야 좋을지 난처하다. 규상이 편을 들고, 규상이를 따라가면 나중에 영길이에게 들볶일 일이 걱정이다. 그 주먹이 무섭기도 하다. 그러나 아무리 생각해 보아도 영길이 말이 틀리고, 규상이의 하는 일이 옳은 데야, 규상이를 배척할 수도 없다.

"그럼 넌 먼저 가 있거라. 잠깐 이야기를 들어 보고 갈께."

봉수는 사정을 들어다가 알려 주마는 듯이, 영길이를 좋게 달래며, 규상이를 따라섰다.

"흥, 넌 약 가방을 든 조수냐? 돈 가방을 든, 자선심 많으신 부잣집 도련님의 병정이더냐? 어디 두고 보자!"

영길이는 이렇게 놀리고 위협을 하면서 큰 길로 떨어져 가 버렸다.

두 아이는 채석장으로 들어가며 뜨거운 볕이 쨍쨍히 쪼이는 벌판의, 한 중턱을 멀리서부터 눈으로 찾아보니, 눈대중을 친 그 자리에, 그 아낙네가 앉아 있다. 오늘도 쓸쓸히 혼자서 장도리질을 하고 있다.

규상이는 어쩐지 반가운 생각이 들며 발씨가 재어졌다. 이 아낙네를 처음 볼 때부터, 그 상냥하고 부드러운 목소리와 인자스러운 눈과 낯빛이 많이 보던 사람같이 반갑고, 얼마쯤 존경하는 마음도 느꼈던 터이지마는, 그동안 이 아낙네가 간혹 머리에 떠오르면, 모습도 그렇지만 종용한 말소리라든지, 조그마한 몸집이며, 아무리 급한 지경이라도 서두르지 않고 차근차근히 몸을 쓰는 거동이, 돌아간 어머니 같다는 생각이, 어느덧 머릿속에 박혀서, 때를 만나거나 하리라는 겁은 사라지고, 도리어 반가운 생각이 드는 것이다.

"안녕하세요? 저 아시겠죠?"

규상이는 모자를 홀떡 벗으며 웃어 보였다.

"응, 또 놀러 왔어?"

완식이 어머니는, 그리 반가울 것까지는 없으나, 저번에는 완식이를 데려다 준 아이요, 이렇게 지날결에라도 인사를 하는 것이 기특하다고 생각하였다. 완식이의 말을 들으면, 그렇게 크낙한 집에서 사는 부잣집 아이라면서 자기네 같은 사람을, 넘보지 않는 그 심보가 무던하다고도 좋은 낯으로 대해 주는 것이었다.

"그 애 어디가 아파요? 괜찮아요?"

"응, 그날부터 몸이 끓구, 벌써 사흘쨈가 몸져누웠는데……"

완식이 어머니는 눈살이 저절로 찌푸려졌다. 두 소년은 자기들을 칭원하는 기색이 없는 데에, 우선 안심이 되었으나 그 눈살이, 아들의 병 걱정으로 찌푸려졌는지, 자기들을 나무라는 뜻인지 어쨌든 송구스러웠다.

"머리가 여전히 흔들린대요? 의사가 뭐래요?"

"그야 감기니까 머릿골이 쑤시겠지마는, 그날 넘어진 탓두 있는 거야."

완식이 어머니는, 말은 이렇게 하면서도, 잠깐 찌푸렸던 눈살이 펴지는 것을 보니, 그날 넘어진 탓을 조금도 이 아이들에게 하려는 기색은 아닌 것 같다.

"그래 의사가, 공에 맞고 넘어져서 그렇다지는 않아요?"

규상이는 어디까지든지 분명한 대답이 듣고 싶었다. 단순한 감기인지, 그때 쓰러져서 뇌진탕을 일으킨 것이 원인인지, 마치 재판소의 검사처럼 분명히 알고 싶었다. 그야 감기거나 뇌진탕이거나, 그 아이가 마음에 들고 동정이 가는 바에는 앓아누워서 그날 벌어 그날 먹는 이렇게 힘드는 일이나마 못 하게 된 것이, 가엾기는 일반이지마는, 만일 뇌진탕 때문이라면, 규상이는 한층 더 가슴이 쓰라리고 그 책임이 저희들에게 있거니 하는 생각이었기 때문이다. 한시라도 바삐 그 책임감 무거운 짐에서 벗어나고 싶은 것이었다.

그러나 완식이 어머니는, 이 아이가 자꾸 의사를 보였느냐는 말에 대답하기도 어렵고, 어이가 없었다. 병원에 데리고 가거나 의사를 불러다가 보일 형편이 아닌, 자기 처지를 모르는 이 아이들에게 대답이 막히고 말았다.

"응, 첩약을, 두어 첩 먹였으니까, 인제 낫겠지. 어서들 가서 놀지."

어서들 가서 놀라는 말에, 규상이는 눈물이 스며 오르는 것을 깨달았다. 자기 아들은, 뉘 탓, 무슨 탓이든지 간에, 지금 이 더위에 방 속에서 끙끙 앓고 누웠을 터인데, 너희 때문에 우리 자식 죽게 되었다는 칭원 한 마디 없이 우리더러는 어서 가서 놀란다! 하는 생각을 하면, 이 아낙네가 어디까지 어진지 알 수 없을 만큼 고마워서, 눈물이 핑 도는 것이었다.

"아니 아주머니! 우리가 놀러 온 것이 아니라, 그 애가 그 후부터는 보이지 않더라기에, 앓는가 싶어, 걱정이 돼서 온 거예요. 댁이 어디예요?"

규상이의 이 말에, 완식이 어머니는 눈이 똥그래졌다. 너무나 고마워서, 그 똥그래진 두 눈에도 눈물이 핑 돌았다. 지날결에 말을 붙이는 줄로만 알았고, 또 그만만 하더라도 선머슴들이 제법이고나 생각하였던 완식이 모친은, 일부러 아들의 병 위문을 왔다는 말에 감격하였다. 그러나 자기 집을 가르쳐 줄 수가 없다. 더구나 그렇게 잘 산다는 이 아이가 자기 집을 찾아오다니 말이 되는가 싶어서 덤덤히 앉았다. 그것은 황송하다는 생각이 아니라, 어린 아이들에게라도 부질없이 자기의 비참한 살림살이를 보이기가 싫고 보일 필요가 없다고 생각하였기 때문이다. 또 완식이만 하더라도 이러한 잘 사는 집 아이들과는 놀리기도 싫었다. 남에게 지지는 않으려는 그 애 성격에, 잘 사는 아이가 부러워서 불평만 늘어가고 성미가 나빠지거나, 눈만 높아져서, 나중에는 사람이 못되어질까 보아서, 이 아이들의 고맙고 기특한 마음은 모르는 것이 아니나, 그 동정을 막아 내고 물리치고 싶었다.

"우리 집? ……우리 집에까지 올 거 없어. 이제 일어나서 일하러 나올 거니 염려 말고 어서 가서 놀라구."

완식이 어머니는 돌 깨는 마치를 다시 든다.

"아녜요, 우리 땜에 그렇게 됐는데, 우리 집 동넨데, 좀 가 보면 어때요."

"응, 한동네라지? 하지만 우리 집은 학생들이 올 데가 못 돼."

완식이 어머니는 웃음의 소리처럼 대꾸를 하며, 여전히 마치 든 손을 놀리고 있다.

"전찻길에서 라디오 상회를 꼽들어 다리를 건너서면 십자거리가 되죠? 거기서 좀 더 마주 올라가면 댁이 아녜요?"

규상이는 저편에 완식이가 자기 집 앞에서 헤어져서 올라가던 방향을 짐작하고 묻는 것이다. 그러나 완식이 어머니는, 잠자코 손만 놀린다.

"거기서 어디쯤 돼요? 일부러 여기까지 왔는데, 안 가르쳐 주실 게 뭐예요?"

규상이는 대답을 기다리고 섰다가 시비하듯이 또 캔다. 어째서 이 아낙네가 자기 집을 아니 가르쳐 주는지 알 수 없는 일이요, 답답한 노릇이다.

"번지만 가르쳐 주세요. 네!"

저편이 대답을 안 하니, 더욱이 아무래도 알고야만 떨어지겠다는 일념에 또 조른다.

"우리 집은 번지수도 없구."

완식이 어머니는, 실없는 말처럼 혼자 한탄하듯이 입 밖에 내었다. 어린 아이가 조르기는 하고, 그렇다고 가르쳐 줄 수도 없고……. 완식이 어머니는 울고 싶었다. 그러나, 번지수가 없다는 말에, 규상이는 귀가 번적하였다. 일전에 그 애도 저의 집은 번지수가 없다고 하던 말이 생각난 것이다. 그 동네로 올라가면 크낙한 새 집들도 많지마는, 그 맞은편 산에는 방공굴도 많고, 그 방공굴에는 전재민들이 우글우글한 것이다. 거기가 아닌가? 하는 생각이 떠오르자, 규상이는 더 캐어물을 용기도 나지를 않아서, 멀거니 섰으려니까, 옆에 이때까지 입을 다물고 섰던 봉수가 귀에다 대고,

"아마 그 동네 방공굴인 게지."

하고 속삭인다. 완식이 어머니는 벌써 알아들었는지, 봉수를 힐끗 본다. 입가에는 웃음을 머금어 보였으나, 그 눈은 방공굴이라는 말에 모욕이나 느낀 듯이 정반대로 흘겨보는 것이었다. 규상이는 다 알아 차렸다. 그러나 그대로 가는 수도 없어서 또 한번,

"그 애 이름이 뭐든가요!"

하고 말을 돌리니까, 완식이 어머니는 거기에는 대답하지 않고, 어린아이의 열성에 감동이 되어, 뭉쳤던 마음이 풀렸는지 상긋 웃으면서,

"그래, 그렇게 꼭 가 보구 싶어?"

하고 귀여운 듯이 두 아이를 다시 쳐다본다.

"네, 어서 일러 주세요"

"아까 학생이 말하던, 그 길로 올라가노라면, 중턱에 방공굴이 셋이 있는데, 한가운데 방공굴 앞에 참외 가게가 있지. 거기 가서 김완식이를 찾어보라구."

하며 완식이 어머니는 일러 주고 말았다.

"네, 고맙습니다!"

규상이는 모자를 벗어 꾸벅하며, 차마 방공굴을 가르쳐 주기가 부끄러워하는 그 얼굴을 마주 보기가 미안쩍어서 뺑소니를 쳐 돌아 나왔다.

제 3 장

규상이 집

규상이 집

(1)

"봉수야. 함께 가 볼까?"

"응! 집에 가서 책보 두구."

봉수는 선선히 대답을 한다.

영길이의 주먹이 무서워서, 마음이 올지 갈지 하던 봉수도 인제는 완전히 규상이 편이 되어 버렸다.

채석장에서 거리로 빠져나온 두 소년은, 큰 길을 건너 뒷거리에 있는 봉수의 집으로 가서 책가방을 두고, 완식이 집을 찾아 나섰다. 그래도 맘은 약한 봉수는 영길이 집 앞을 지나면서, 그놈의 트레바리가 곧 뛰어나와, 또 무슨 트집이나 부리지 않을까 하는 애가 씌어서, 영길이 집 문간을 힐끔힐끔 바라보며 지나쳤다.

"애, 무얼 좀 사다 주어야지? 뭬 좋을구?"

전찻길로 빠져나와서 과일 가게 앞을 지나치며, 규상이가 발론을 한다.

"그랬으면 좋겠구만, 애 어디 돈이 있니?"

"나두 한 푼 없다! ……하지만 집에 가면 누나가 있을까?"

하고, 규상이는 까만 눈을 깜빡깜빡하며 무슨 생각을 하는 기색이다. 학교가 가까우니까, 지금쯤 누나도 집에 와 있을지 모르리라는 대중을 쳐 보는 것이었다. 꼭뒤로 받는 오정 뒤의 볕발에, 두 뺨이 화끈화끈 달아오르고 운동모자 밑에서는 구슬이 솟는다.

"아직두 이런 불볕인데, 그 애 그런 데 가서 일 안 하구, 되레 잘 됐지."

봉수가 무슨 생각이 났는지 이런 소리를 하니까,

"돈두 못 벌구, 약값만 쓰구 누웠으면 어떻게 먹구 산다던?"

규상이가 핀잔을 주듯이 대거리를 한다.

"그는 그렇지! 하지만 어린애를 학교 안 보내구 그런 고된 벌이를 시키다니! 암만 얌전해 뵈는 어머니지만……."

봉수는 규상이 같은 부잣집 아이가, 그런 어려운 집 사정을 알아주는 것이 이상하다는 생각을 하는 한편에, 아무리 어렵기로, 오학년이나 다녔다는 아들을, 그러한 데에 끌고 다니며 몇 푼 안 되는 벌이를 시키는 그 어머니를 잘못이라고 나무랐다.

"당장 굶으면 누구나 그럴 수밖에! 그 어머니 나무래면 뭘 하니."

규상이는 완식이 모친의 변명을 해 주고 싶었다.

"남산학교를 다니다가 집에 불이 나서 이리 왔다니, 멀어서 못 가는 것은 아니겠지만, 오죽하면 그 벌이를 할라구!"

봉수는 규상이 말이 그럴 듯싶어 잠자코 말았다. 규상이 집에를 왔다. 꼭 닫힌 쇠살문의 옆문을 밀치고 들어서 양관(洋館)을 지나쳐 안채로 들어갔다. 봉수도 따라 들어가 보니 규상이 누나가 벌써 학교에서 돌아와 안방에 있다가 마루로 마중을 나온다.

"누나 돈 있우?"

규상이는 누런 헝겊 책가방을 놓고 마루에 걸어앉으며 첫 대에 묻는다.

"내가 무슨 돈이 있다고! ……근데 왜 그래?"

이번에 여중학교 삼학년이 되었다는 이 누나는 언제 보나 옷을 상그레 깨끗이 입고, 방글방글 웃는 낯이지마는, 오늘은 하얀 내리닫이 양복을 허리에 잘룩 잘라매어 입고 하얀 팔 다리를 시원스럽게 내놓고 있다.

"좀 급히 쓸 데가 있어. 한 이백 원, 아니 삼백 원만 줘."

"왜? 참외 사 먹을려구? ……어서들 올라와요 사다 줄께."

계모 밑에서 자라는 이 남매는 아무래도 저희끼리 더 의지가 되는 것이요, 인제야 열일곱 살 먹은 누이가 어머니 대신 노릇을 하는 때가 많다. 잔돈푼도 아버지가 안 주는 것은 아니지마는, 손쉬우니 누이를 조르곤 한다.

"아냐, 동무를 접때 공 차다가 다쳐 줬는데 앓는데. 그래 지금 우리 둘이 가 볼 텐데 뭐라두 사다 줄려구……."

"그래, 줄께, 올라와 어서 점심이나 먹어라. 명순아 점심 차려라."

건넌방에서 무언지 꼼질꼼질하고 있는 밥 짓는 계집애에게 소리를 친다. 아버지 어머니는 사철 바깥 양관에 거처하고, 뒤채는 아이들에게 내주어서, 규상이 남매가 안방을 쓰고, 살림꾼으로 와 있는 일갓집 마나님이 계집애를 데리고 건넛방에 있을 뿐이니, 아래채는 텅텅 비어 있고, 이 넓은 집이 밤이나 낮이나 절간같이 조용하다. 더구나 요사이는 살림 맡은 마나님이 집에 가서 없고, 어머니는 배가 불러서 꼼짝 않고 어린 것과 시원한 양관 속에 누워 있으니 집 안이 더 한층 쓸쓸하다.

"봉수야 올라와, 점심 먹고 가자."

규상이는 책보를 들고 마루로 올라갔다.

"규상아 동무두 오고 했으니, 참외 사다 줄까?"

누이는 저도 먹고 싶은 판에, 아까 기위 말을 꺼냈던 끝이라, 또 제풀에 참외 사 주마고 발론을 한다.

"사 주면 먹지. 이번, 학비 많이 받은 게로군? 한 턱 낸다는 수가."

동생이 안방에서 가방의 책을 꺼내어 책꽂이에 꽂으며 대꾸를 하니까,

"애, 인젠 참외두 마지막이란다. 없어지기 전에 많이 먹어 두자."

하고 진숙이도 웃음의 소리를 하며, 방으로 들어와 제 책상 서랍에서 조그만 지갑을 꺼내 들고 나간다.

"명순아 너 어디루 사러 가니? ……"

점심을 차리러 나려온 명순이에게 누이가 돈을 주는 것을 보고, 규상이는 뛰어 나오며, 소리를 친다.

"요기 나가면 방공굴 집에서 참외 파는 데 있지? 거기 가서 사렴."

"방공굴은 저 위인데요. 거기 어디 참외 가게가 있던가? ……"

열댓쯤 되는 계집아이는 까만 상의 똥그란 눈을 말똥히 뜬다.

"왜 하필이면 그리 가라니? 가까운 단골 가게를 두구."

누이도 말린다.

"그깟 데 개똥참외밖에 더 있겠기에요."

명순이도 입을 빼쭉한다.

"우리 동무 집야, 좀 팔아 주려고 잔소리 말구 거기 가 사 가지고
와."

동무 집이란 말에 누이는 잠자코 말았지만, 명순이도 어려운 사람에
게 팔아 주겠다는 말눈치를 알아들었는지 다시는 마다고는 안했으나,
그래도 썩 내키지가 않아서,

"흥없다구 나중에 바꿔 오란 말은 말아요."

하고 부엌에 들어가 소쿠리를 들고 나간다.

"너의 반(班) 아이 집이야?"

"아니, 학교도 못 다니는 애야."

"아이, 어쩌면! 방공굴 속에 살아두 학교에들은 보내는데!"

진숙이도 어린 마음에, 동생의 동무라면서, 학교에도 못 다닌다는 말
에 퍽 딱해 한다.

"아버지는 죽었는지, 이북에서 붙들려 못 왔는지, 물어봐도 대답이
없는데, 어머니는 채석장에서 돌을 깨뜨리구 있으니 안 그렇겠우."

"엉! 몇 식구나 사는데? 아, 여편네가 이 불볕에서 그런 일을 하구 있
어?"

하고 진숙이는 또 딱해 하는 소리를 한다.

"그런데 그이가 천연 우리 어머니 같겠지!"

규상이는 이 말을 한층 더 열심히 힘을 주어 하는 것이었다.

"응? 그래? ……나이는 몇이나 되었는데?"

진숙이도 돌아간 어머니 모습이 불현듯이 머리에 떠오르며 눈이 환해진다.

"나이도 아마 어머니 나쎄쯤 됐을 거야."

"어디, 나도 한번 봤으면! ……"

어머니 연갑세의, 어머니 비슷한 아낙네라니, 동정과 호기심이 맞 어울리고, 어머니 모습과 그 아낙네의 모습을 그리어 보는 공상이 뒤섞여서, 진숙이는 얼마 동안 멍하니 방문 기둥에 기대어 섰다. 진숙이가 열두 살, 규상이가 여덟 살, 꼭 오 년 전에, 모친은 서른하나에 돌아간 것이다. 다섯 해 전 일이 어린 기억에도 어제 일 같아서, 불관한 일에도 무뜩무뜩 어머니 생각이 나면, 그 모습이 머릿속에 떠돌고 그리운 터라, 어머니같이 생긴 이가 있다니, 왜 안 쫓아가 보고 싶을까!

"이따, 우리 같이 가 봅시다. 병 위문 간다는 데가 바로 거긴데."

규상이도 누이의 기분에 끌려서 대답이 없이 멀거니 섰으려니까, 북창 문턱에 걸터앉았던 봉수가 선뜻 대답을 한다.

"응? 그래!"

그 말에 따라서 규상이는, 완식이 모자를 알게 된 내력과, 병 위문이라도 가고 싶은 생각이 들게 된 제 마음을 이야기하여 들려주었다.

"아, 어쩌면! 우리 동생 착하다. 그럼 어서 밥 먹구 가 보렴!"

누나는 생긋 웃으면서도 어머니 생각에 속이 뜨거워지며 어리어리 눈물이 고이는 것을 감추느라고 안방으로 들어가 버린다.

(2)

참외를 사왔다.

"그래두 흉친 않죠? 냄새가 나죠?"

명순이도 개똥참외나 팔 줄 알았던 방공굴 참외 가게에서 의외로 좋은 것이 걸린 것을 제 자랑이나 되는 듯이, 조그만 주인 아가씨 앞에서 연해 공치사를 한다.

"그래 좋다. 어서 씻어라."

진숙이는 방에서 나와서 하나를 들어 맡아 보고 분별을 한다.

"그거 보렴. 그런 데라고 개똥참외만 판다고 넘겨짚을 게 아냐! 참 그런데 누가 팔구 있던?"

규상이가 일변 역성을 들며 궁금해서 묻는다.

"참! 아가씨만한 예쁘장한 계집아이가 팔고 있겠지. 방공굴이라 해두 퍽 깨끗하구, 가게 터두 지어 놓구 있어요."

"으응. 그래!"

규상이보다도 누이가 앞질러 대꾸를 하여 주고, 씻어 온 참외 그릇 앞에 다가앉는다. 조그만 손아귀에 벅차서 하며 하나씩 하나씩 골라 벗겨서는, 네 골에 짜개서 씨를 발리고 하여 양접시에 수북이 담더니,

"어서들 먹어라."

하고 동생에게로 밀어 놓는다. 이런 것을 보면 마치 어머니 노릇이나 하는 듯이 모든 거동이 점잖다.

진숙이는 또 한 접시를 벗겨서 얌전히 고여 들고 부엌 옆의 누마루를 돌아 양관으로 나간다. 계모에게 가져가는 것이다.

"어머니 주무세요?"

발을 늘인 아래층 온돌방 앞에 와서 소리를 내었다.

"응, 왜?"

젊은 음성이 나며, 보던 소설책인지 방바닥에 내던지고 일어나 앉는 기척에, 발을 밀치고 들어서니,

"그건 뭐야? 웬 군것질들야? 가게서 또 들여왔겠지?"

하고 덜 좋은 기색이다. 어머니라 해도 나이 열 살 차이밖에 안 되는 젊은 계모는, 대떨어지게 해라를 못 하고 반말이다.

"아녜요, 내 돈으루 사 왔에요."

자던 네 살짜리가 부시시 일어나더니 우선 한 쪽 들고 난다. 어머니도 목이 컬컬하던 판에 신기는 좋았다. 그보다도 제 돈으로 사왔다는 말에 찌붓하던 눈살이 금시로 펴졌다. 이 젊은 어머니는 별로 태가 있는 것도 아니요, 결코 계모 티를 보이는 것도 아니니만큼 아이들에게는 편한 점도 많고, 의가 상한 일도 없이 비교적 원만한 셈이다. 그러나 험을 찾자면 인색한 편이라는 것이다. 그 인색도 남편의 돈 쓰는 것을 총찰을 한다거나, 아이들이 돈을 타다가 쓰는 데에 아랑곳을 한다든지, 살림에 알뜰하다든지 한 것이 아니라 다만 한 가지 자기가 남편에게서

타내는 돈이 한 푼이라도 축이 날까 봐 애를 벌벌 떠는 것이다. 그러기 때문에 지금도 자기가 책임을 지는 반찬 가게에서 외상으로 들여다가 군것질을 했을까 보아서 사살을 했던 것이지마는, 그렇지만 않다면야, 결국에는 뉘 주머니에서 나오는 돈이거나 또 얼마를 쓰거나 아랑곳을 안 하려 한다. 그런 것을 보면 원체 살림을 모르기도 하지마는, 실상은 욕심이 없는 사람이다. 다만 자기와 네 살짜리 아이만 편안히 앉혀 두고 잘 입히고 먹여 주면 가욋일은 간섭도 하기 싫다는 성미다. 그러나 한 달에 삼만 원 타 내는 가용만은 꼭 쥐고 늘어지는 것이다. 그러기 때문에 아침저녁으로 조리차를 해서 내놓는 찬용(饌用)이 빠듯하니, 자연 가게에 외상도 지게 되고, 아이들이 입이 궁금할 때면 어머니를 조를 수도 없고 용돈을 일일이 타낼 수도 없는 사정이라, 손쉬우니 앞 가게에서 들여다 먹기도 하는 것이다. 그러나 계모에게는 이것이 질색이었다. 삼만 원이나 타내면서 그 무리꾸럭을 안 하는 수도 없고, 아주 군것질을 막는 수도 없어서, 틈틈이 나무라는 끝에,

“먹구 싶으면 내게 말을 하고 돈을 타다가 사 먹으럼.”

하고 일러도 막무가내다. 어머니더러 돈 달라고 손 벌리는 버릇도 없거니와, 그러는 아이들만을 나무랄 수는 없었다. 그 점이 역시 계모라 해서 그런 것 같고, 아이들도 쓸쓸해 하는 것이었다. 어쨌든 새어머니와 아이들 사이에 충돌이 있다면 이런 정도의 것밖에 없었다. 그러나 어머니의 사정을 생각하면, 그것도 실상은 인색해서 그런 것도 아니다. 본 가집 살림의 반은 그 삼만 원 속에서 뽑아내야 하겠으니 왜 안 그러랴. 오십이 넘은 아버지는 별 재주 없고, 학교에 다니는 두 동생을 데리고

쩔쩔매는 어머니 생각을 하면, 십 원 한 장을 쥐고 손에 땀이 나도록 치를 떨지 않을 수 없는 새 어머니의 형편이었다. 남편이 매삭 쌀 한 가마니씩 꼭꼭 보내는 외에 두 처남의 학비까지 맡았으니. 아무리 의가 좋은 내외기로 더 입을 벌릴 염의가 없었다. 그러나 쌀 한 가마니가 대견치 않은 것이 아니로되, 그것만으로는 본가의 네 식구가 살 수가 없다. 길게 말할 것 없이 그 삼만 원이 두 집의 용돈이니, 절약을 안 할 수가 없고, 그 내평을 알고 보면, 이 어머니가 인색하다고 하기는커녕, 부모에게 무던하다고 칭찬을 해야 옳을 일이다. 사실 진숙이나 규상이나 그런 내평은 모르지마는, 새어머니를 인색하다고 별명을 짓거나 입을 비쭉하는 그런 못된 버릇은 없었다. 다만 군입정질이 하고 싶을 때 뉘게 사 달라고 응석을 할 데가 없어 서운하고 쓸쓸할 따름이었다. 그러나 그 대신 계모도 자기 친정 부모를 끔찍이 생각하느니만큼, 진숙이 남매가 돌아간 어머니를 생각하고, 시름없이 하는 눈치를 보아도 싫어하기는커녕, 도리어 가엾이 여기는 것이요, 그런 때면 넌지시 과자고 무엇이고 사다가 놓고, 양관으로 데려다가, 피아노를 치며 노래도 시키고, 자기가 본 책 이야기도 들려주며, 은근히 위로를 하여 주곤 하는 것이었다.

"오늘은 할머니 오시겠지?"

세 쪽째 참외를 들며 어머니가 말을 붙인다.

"글쎄요. 괜히 나가셔 가지구……더 더치시지나 않았는죠"

할머니란 살림 맡은 건넌방 마나님 말이다. 남편의 둘째 이모지마는, 이 마님이 외손주의 백일이라고 왕십리 딸의 집에 갔다가, 더위와 체기에 눌려서 벌써 일주일이나 못 들어오고, 딸의 집에 누워 있는 것이다. 그저께 사위가 와서 한 사흘 있으면 일어나 들어오시게 되리라고 기별을 하고 갔던 것이다.

"온 이놈의 성화에!"

아홉 달을 잡아드는 큰 배를 안고, 긴긴해에 한참 버르적대는 아이와 씨름하기가 괴로워서 마님이 어서 돌아오기만 기다리는 것이다. 마님이 있어야 아이년보다도 종일 어린 것을 잘 데리고 놀아 주고, 아침저녁 남편의 밥상도 질번질번하여지는 것이었다. 첫째 성이 가신 것은 마님이 없는 동안은 끼니때 부엌에를 들어가 보아야 하겠는데, 자기가 도마를 맡은들 원체 솜씨가 없고 보니 애는 애대로 쓰고 본때가 나지를 않아서 싫은 것이요, 모든 것을 쓸어맡기는 버릇이 생긴 것이다.

"누나 따라 나가서, 혼자 좀 놀럼."

어머니는 참외 그릇을 밀어 놓고, 보던 책을 들며 또 다시 누울 차비를 차린다. 앉은키만 보아도 훌쭉 크고, 기름한 희멀끔한 상에, 둥그런 눈이, 기운꼴이 있어 보이지 않고, 워낙 허한 편인데다가, 벌써 어깨로 숨을 쉴 지경이니, 삼복을 나느라고 지치기도 한 모양이다. 그러나 화초밭과 수목이 있는 뒷마당을 받고 앉은 이 방은 이 집 중에서도 제일 서늘하다. 활짝 열어 젖혀 놓은 창문의 커튼이 푸르르 날리면서 선들한 바람이 불려 들어온다. 쨍한 볕발을, 이글이글 받은 화초밭에서는 갓 나온 잠자리가 분주히 오락가락할 뿐이다. 조용하니 한가롭다.

제4장
세 동무

세 동무

명순이에게 길을 배운 대로 큰 거리에서, 깎다가 둔 언덕을 바라보며 오른편으로 꼽들이니 이쪽은 새 집이 쭉 늘어섰고, 맞은편은 야트막한 돌산이 병풍과 같이 쭉 뻗어 나갔다.

"얘, 저기구나?"

봉수가 소리를 친다. 채 중턱에도 못 가서, 참외 원두막 같은 것이 댓 간통쯤 떨어져서 건너다보인다. 깎아지른 허연 돌산 밑에는, 눈사람에 까만 눈을 꼭 찔러 놓은 듯한 구멍이 너더댓 뿡뿡 뚫어져 있는데, 굴마다 옆으로는 벌겋게 녹이 쓴 연통이 뻗쳤고, 기저귀니 홑이불 조각이니 너저분히 널려 있다. 원두막 같은 데로 규상이 일행은 가까이 왔다. 사람이 한 두엇은 편히 누울 수 있을 만한 시렁을 맨, 그 아래에 사탕 부스러기를 늘어놓은 구멍가게인데, 앞에는 참외 무더기가 멍석 위에 수

두룩이 널려 있다.

"여기 김완식이라고 있죠?"

규상이는 참외 멍석 앞에 딱 서며, 저 뒤 그늘에 사과 궤짝 같은 것을 모로 놓고 걸터앉았다가, 꼬맹이 단골손님이 무엇을 사러 온 줄 알고 반색을 하며 내닫는 처녀 아이에게 물었다.

"그래, 왜?"

벌써 동생이나 어머니에게 들은 말이 있어, 짐작이 가는지 눈을 말똥히 뜨고 입가에는 약간 웃음빛까지 떠오른다. 모자는 볕에 그을어서 그렇게 까만데, 이 계집아이는 살기 없는 마른 상이지만 하얀 얼굴이다. 어머니 닮아 명순이 말마따나 예쁘장스러운 처녀이다. 규상이 누이만한 나이일 것이다.

"어딨어요?"

"앓아 눴어. 가만있어, 불러 줄게."

아이들이 대지르고 굴속으로 성큼성큼 들어가거나 들여다보아서는 창피하다는 생각이 팔려서, 몸으로는 아이들 앞을 가로막고 서며, 굴속을 돌아다보고,

"완식아 누구 왔다."

하고, 소리를 쳤으나, 안에서는 대답이 없다.

"대단하진 않아요? 나올 수 있어요?"

"응, 인제 좀 났어."

하고, 계집애가 굴로 한걸음 다가서며 동생을 다시 부르니까, 완식이는,

"왜 그래?"

하고 굴 밖으로 나서다가, 깜짝 놀라서, 앓고 난 퀭한 눈이 더 똥그래지며, 두 아이를 물끄러미 바라보고 섰다.

"어떠냐? 우리 너 어머니께 가서 집을 배 가지구 오는 길이다."

"응, ……인젠 괜찮어."

완식이의 얼굴에서는 경계하는 듯하고 창피스러워하는 듯한 긴장한 낯빛이 풀리고, 비로소 반가워하는 기색이 떠올랐다.

"놀러 나가자."

규상이가 끌어 보았다. 누이에게서 얻은 삼백 원이 있으니, 데리고 나가서 아이스크림이든지 저 좋아하는 것을 사 줄까? 그렇지 않으면 저희 집에서 참외를 파니 그것을 사서 같이 먹을까? 이러한 궁리가 있는 것이었다.

"난 싫어, 이렇게 찾아와 주어 고맙다."

완식이는 들어앉힐 데도 없고, 창피스러운 생각에 고맙기는 하나 어서들 가 주기를 바라는 기색이었다.

"아직두 얼굴이 벌겋구나. 여기들 좀 앉으렴."

누이는 동생의 얼굴을 바라보다가, 굴 안으로 들어가서 조그만 평상을 들고 나와서, 자기가 앉았던 궤짝 앞에 놓는다. 아이들은 마주 갈라 앉고, 누이는 가게 안 참외 멍석으로 가서 행길을 등지고 앉았다.

앉아서 자세히 보니 안팎을 말끔히 쓸고, 굴 안은 컴컴하지만 문 밑에 한편 구석으로 걸어 놓은 솥이 반질반질하게 길이 든 것이라든지, 그런대로 살림이 조촐하고 앙그러져 보였다. 계집애도 검정 짧은 치마에 무명 적삼이나마 새로 빨아 다린 것을 입었지마는, 완식이 역시 저번에 만났을 때보다는 깨끗한 노타이에 잠방이를 입었다. 다만 신발만은 그 떨어진 운동화를 끌고 있다.

'다락에 있는 그 운동화를 갖다가 줄껄! ……'

규상이의 머리에는 또 이런 생각이 떠올라 왔다. 저번에 완식이하고 헤어져서 집으로 가며 다락 속에서 뒹구는 새 운동화짝이 생각나서 그것을 갖다 줄까 하는 공상을 했던 것이나, 그 후에는 잊어버렸었다.

"병이나 나으면 어서 학교엘 가야지."

마주 앉으니 별로 이야깃거리도 없어서 규상이는 자연 학교 걱정을 해 주는 것이었다.

"응! 이제 가지."

완식이가 무슨 굳은 결심이나 있는 듯이, 분연히 눈을 치뜨며 입술에 힘을 주어 대꾸를 하자니까, 누이가 뒤따라서,

"이리 전학시키려구 돈을 모는 중이란다. 겨울방학까지 벌면 내년 봄 학기부터는 보내게 되겠지. 일 년 묵은 게 아깝지만……."
하고 완식이가 지난 한 학기 동안 학교를 못 가고 만 것이 제 잘못이 아니라는 변명을 말도 또랑또랑히 열심으로 하는 것이었다.

"어쨌든 이리 옮아 와서두 그 추위에 외투 하나 없이 어떤 때는 전찻삯두 없어서 눈보라치는 신새벽에 일어나서, 찍찍 미끄러지는 빙판에도 그 남산 꼭대기를 걸어서 다녔거든! 학교라면 기를 쓰고 다니던 잰데, 그러다가 겨울방학 전에 시험두 못 보구 턱 앓아누우니 이걸 어쩌나! 거진 한 달 만에 죽다 살아나구 개학은 다시 했지만, 비쓸거리는 아이더러 어떻게 그 먼 데를 다니랄 수 있어야지."

이야기를 하던 완식이 누이는 지난 한 겨울의 고생과 죽다 살아난 동생이 가엾은 생각이 와락 치밀어서 눈물이 핑 돌았다. 이 어린 처녀의 얼굴만 쳐다보며 이야기를 열심히 듣던 세 아이는 똑같이 눈 속이 뜨거워져서 고개를 떨어뜨리고 말았다.

(2)

남산 옆의 예전에는 서울서도 손꼽던 일본 요릿집을 전재민에게 개방하게 되어 삼조방 한 간을 얻어 들었던 것이나마, 별안간 불이 나자, 세 식구가 엄동에 알몸뚱이로 겨우 이부자리 한 채를 건져 가지고 쫓겨나서 거리에 앉게 되니, 여기에 이런 방공굴이 있는 줄이나 알고, 설마 이런 데에 신세를 질 줄이야 꿈에나 생각하였으랴마는, 지금도 요 위 굴속에서 사는 안 서방이 어떻게 수소문해서 알았는지 당장 발견해 가지고 와서,

"완식이네두 같이 가십시다. 삼동만 꾹 참고 나면, 차차 또 도리가 나서겠죠. 첫째 세전 굳으니 좋구, 나가라 들어오너라는 말 없어 좋구……."

하며 권하는 바람에, 당장 거리에 앉았는 것보다는 나으니 쫓아왔던 것이지마는, 그 첫 희생으로 기둥같이 믿는 외아들 완식이를 죽일 뻔하던 생각을 하면 어머니는 몸서리가 쳐져서

"애, 완식아 공부도 중하지만 목숨이 있고서 공부지. 인제 여기 학교

루 옮겨 줄께 몸조리나 잘 하구 가만 있거라."

고 달래고 타일러서, 날마다 학교를 간다고 보채고 법석을 하던 완식이를 또 한 달이나 놀렸던 것이다. 그 덕에 긴 병을 치르고 난 완식이의 몸은, 다시 덧나지 않고 완실하여지기는 하였다. 그러나 오학년 들어서는 한참 공부가 새우고 경쟁이 심해졌는데, 지난 학기 시험도 못 보고, 방학은 끼었었다 하더라두 두 달 너머를 빠져서 공부가 밀리고 보니, 성벽꾸러기인 완식이로서는, 학교가 멀어서 전학을 하고 싶은 것이 아니라, 뒤떨어진 공부가 걱정이 되어, 얼른 새 학교를 가서 밀린 공부를 회복하겠다는 작정으로 틈틈이 집에서 어머니에게 물어 가며 자습을 하고 있었던 것이다.

　그러나 학교를 옮기자니 새 학년까지 참으라는 것이요, 그것은 고사하고 돈을 만 원은 가져야 한다는 것을 비로소 알게 되자, 어머니는 기가 차서 말이 아니 나왔고, 완식이는 철없이 어머니를 조를 수도 없어 눈치만 보고 있던 것이다. 그러나 만 원이라는 큰돈이 어디서 생길까? 누이가 신문을 팔고 갖은 것을 다 해서 겨우 굶지나 않는 살림이다. 그러고 보니 한 달에 이천 원씩 다섯 달만 모으면 되겠다는 큰 결심을 하고 어머니를 따라나선 데가 채석장이었다. 그러나 삼월부터 나서서 벌써 처음 작정한 다섯 달이 넘고 반년이 되건마는, 먹고 살아야 하니 겨우 모은 돈이라고는 오천 원밖에 안 된다 한다.

　"오천 원 있으면 그걸로 이번에 전학을 할 일이지 뭣 때문에 만 원 템이 들어요?"

　봉수가 탄하듯이 묻는다.

"입학금, 월사금, 그 밖에 처음 들어가자면 기부금두 있구……."

완식이 누나가 설명을 하려니까,

"기부금은 못 내겠다고 떼를 써 보지 않구……. 그래 완식이가 돌 깨뜨려 번 돈, 기부 받아 가지구 우리가 공부하더란 말인가!"

하고 규상이가 분개를 한다.

"하지만 규칙인걸! 남 다 하는 규칙은 지켜야지. 우선 내가 가 앉을 책상은 만들 값은 내가 들여놓구 가야 옳지 않어?"

이때까지 덤덤히 앉았던 완식이가 불쑥 이렇게 대꾸를 한다. 두 아이는 잠자코 완식이의 얼굴만 치어다보며, 매우 감동한 낯빛으로 고개를 끄덕이는 것이었다.

"그래! 네 말이 옳다! 네 생각이 참 좋다! 그러나 돈 없다구 공부 못할 수야 있니! 더구나 그런 좋은 맘씨를 가진 너 같은 애가! ……"

규상이는 또 다시 두 눈이 글썽하여졌다.

"하지만 내가 왜 공부를 못 하겠니, 어차피 일 년 묵게 됐으니까, 내년 봄 학기에 가면 뚝 알맞게 되거든, 이번 학기에 간댔자, 난 다 아는 것인데, 없는 돈 쓰구 두 번씩 밸 것 뭐 있니. 그동안 돈이나 더 벌어 가지구 내년에 너희들하구 한 반이 되면 좀 좋겠니."

완식이는 고생을 한 아이니만큼 생각이 더 깊고 점잖다.

"그래, 잘됐다. 어서 내년이 되어 같이 공부하자."

봉수는 비로소 웃는 명랑한 낯빛이 되었다.

"완식이가 맘 좋다지만, 참으로 너희들 맘 좋구나! 이런 좋은 동무들이 생겨서 완식이는 좀 좋으냐!"

누이가 두 아이를 칭찬해 주었다. 아이들은 껄껄 웃고 말았다. 유쾌하였다. 유쾌한 김에, 규상이는 가지고 온 돈 삼백 원을 내놓고 참외를 달라 하여 넷이서 깎아 먹고 싶은 생각도 들었으나, 길거리에 앉아서 먹기가 싫어 그만 두어 버렸다.

세 시쯤에 뙤약볕은 차츰차츰 가게 속으로 기어들고 규상이들이 앉은 등 뒤로도 우려 왔다.

"무슨 더위가 아직두 날마다 왜 이렇게 못살게 구누."

하고 누이가 군소리를 하며 일어나서, 서향판으로 받는 볕을 막느라고, 시렁 위에 말아 얹은 멍석을 내려서 친다.

"말 말어, 여기 앉아서두 더웁다구? 채석장엘 가 봐!"

완식이가 탄하는 이 말에, 누이는 어머니 생각이 나서 꿈찔하였다. 두 아이도 그 아낙네 생각에 잠자코 있다가 일어서며 규상이가,

"그 참외 얼마씩요?"

하고 물었다.

"글쎄…… 한 개에 육십 원씩 하지만 너희가 가져간다면 백 원에 둘 주지."

하며, 완식이 누이가 생긋 웃는다.

"삼백 원어치만 좋은 걸루 골라 주우."

하고 규상이는 바지 주머니에서 돈을 꺼내서 완식이 누이의 손에 쥐어 주었다.

"어디에 가지구 가려구?"

"소쿠리 없우? 아무 데나 담아 줘요. 우리 집이 저기니까 그릇은 곧

보낼게."

완식이 누나는 일년감이 담긴 소쿠리를 들어 쏟아 놓고, 거기다가 참외를 골라서 여섯 개나 수북이 담는다.

"봉수야 가자. 완식이 잘 있거라! 내 또 올게."

규상이는 인사를 하고 참외 소쿠리를 힘이 찬 듯이 번쩍 든다.

"소쿠리 곧 보내 줘요."

완식이 누나가 다진다.

"네, 염려 말아요."

규상이는 웃으며 참외 소쿠리를 들고 나더니, 발길을 방공굴로 다시 돌쳐서 굴 문턱에 쑥 들여놓고는 나는 듯이 훌쩍 뛰어나오면서,

"무어 맛있는 거 사다 줄 게 없어 이것뿐이다. 잘 있거라."

하고 소리를 친다. 거리로 앞장서 나서서 가만히 바라보던 봉수가 하하하 하고 웃자니까, 완식이는 깜짝 놀라 내달으며,

"난 안 먹는다. 가지고 가!"

하고 뒤에서 쫓아온다.

누이는 고맙기도 하지만, 규상이의 하는 양이 우스워서, 생그레 웃기만 하며 멀어져 가는 두 아이의 뒷모양을 바라보고 섰다.

"너, 수단 좋구나."

이만큼 오다가 봉수가 동무를 칭찬하니까,

"그럼 어떻게 하니! 그 애 성미에 돈으로 준다면 받을 리 없고 과자를 산대두 몇 개 안 되구……."

하며 규상이는 웃어 버렸다.

제 5 장
운동화 때문에

운동화 때문에

(1)

긴긴낮에는 절간같이 조용하던 집안도 아침저녁 밥 때만은, 이 안채가 부산하니 엄벙덤벙 떠들썩하여졌다. 온종일 몸이 가빠서, 소설이나 잡지 신문 따위로, 노냥 누워서 지루한 하루나절을 보내던 모친도 저녁 지을 때가 되어 선들한 바람이 불어 들어오면 거동을 해서 안으로 들어오고, 부친도 연회나 있는 날은 늦지만, 매일 다섯 시가 넘어서는 꼭꼭 제 시간을 대어 들어와서, 규상이를 데리고 앞 뒤뜰의 화초밭이며 화분에 물을 주고 손수 매만지고 한 뒤에 안마루에서 집안 식구가, 명순이까지도 한 상에 둘러 앉아 저녁을 먹는 것이었다.

오늘도 다섯 시가 조금 지나니까, 밖에서 자동차 소리가 뿡 하고 나더니, 부친은 벌써 돌아와서 양관으로 들어갔다. 자동차 소리가 나자, 어머니가 부엌에서 나와서 시중을 들러, 부리나케 양관으로 뛰어 나갔다.

용산 고려방직 회사의 전무로 있는 규상이 부친은, 아침저녁, 회사에 자동차로 통근하는 것이었다. 밖에 나가면 몸을 둘에 쪼개 쓰고 싶을 만큼 바쁜 아버지요, 또 그렇게 바쁜 몸이기 때문에 아무쪼록 일찍 집에 돌아와서 쉬려는 것이지마는, 몸이 시원치 않은 어머니가 종일 심심히 기다리고 있을 것이라든지, 그보다도 큰 것들, 규상이 남매에게 대하여는 아무래도 자기가 반(半)어머니 노릇은 해 주어야 되겠다는 생각이 있기 때문에, 되도록은 일찍이 들어와서 저녁밥 한때라도 아이들을 데리고 재미있게 함께 먹어 주고, 저희가 하고 싶어 하는 이야기나 하소연을 들어 주고 나면, 저녁에는 공부하는 것을 보살피기도 하는 것이다.

양관, 자기 방에서 노타이에 짧은 바지로 갈아입고 들어오던 부친은 아이들을 둘러보며,

"무어 시원한 것 없니?"

하고 소리를 친다. 그러지 않아도 아버지가 좋아하는 참외를 벗기고 토마토를 씻어 담고 하던 진숙이는, 쟁반에 과일 접시를 받쳐 들고 부엌에서 나오며,

"어서 올라가십쇼"

하며 아버지의 뒤를 따라 마루에 깐 돗자리에 좌정하고 앉는 아버지 앞에 쟁반을 내려놓는다.

"규상아 너두 올라와 먹어라."

부친은 달려드는 어린 규상이에게 토마토를 하나 집어 주며, 뜰에서

화초 물 줄 차비를 차리는 맏아들에게도 소리를 쳤다.

"네, 전 먹었에요"

부친이 들어오면 같이 앞 뒤뜰로 돌아다니며 화초밭에 물을 주고 가꾸어 주기에 분주도 하거니와, 저녁 먹기 전에 부친을 따라서 한 시간쯤 그런 노동을 하는 것이 유쾌하고 재미있는 일과이기도 하였다.

부친은 참외 두어 쪽과 일년감 하나를 먹고, 까무스름한 윗수염을 쓰다듬으면서 축대로 내려선다. 기름하게 네모진 상(相)이 부옇고 서글서글하여, 규상이처럼 여무져 보이는 데는 적은 대신에, 순후해 보이는 얼굴이었다. 그러나 보통보다는 큰 키에, 반팔 셔츠 밖으로 내놓은 두 팔과, 단고(短袴) 밑에 쭉 뻗은 정강이를 보면 살빛은 하얗지마는 기운꼴도 있고, 떡 벌어진 가슴패기가 건장하여 보이는 중년 신사다.

한바탕 돌아다니며 화초를 매만지고 쓰레질을 해내고 한 뒤에, 규상이 아버지는 손을 씻고 나서 담뱃불을 붙이며,

"땀은 난다지만 해가 지니 산들한 품이 벌써 다르구나."
하며, 축대 위에 올라서서 높다랗게 개인 푸른 초가을 하늘을 치어다보는 양은, 옆에서 보기에도 상쾌하다.

"오늘두 아주머니께선 왜 못 들어오시는지?"

마루에서 상을 보던 새어머니가, 올라와 앉는 부친에게 건넌방 할머니 이야기를 꺼냈다. 집은 넓고 적은 식구나마 아이들뿐이라, 건넌방 할머니가 없으면 아이들만 적적해 할 뿐 아니라, 계모 역시 시집 온 지 벌써 사 년이 되건마는, 두 남매 틈에 끼어서 자기는 언제나 고독한 처지거니 하는 생각이 있느니만큼, 그 마나님이 친정어머니나 되는 듯싶

어 의지가 되어, 끼니때면 쓸쓸해 하는 터이었다.

"아 참 아까 회사루 원태가 왔는데, 아마 길게 끌겠는가 보더군. 이질 기운이라니 노인네가 퍽 지치실 거 아닌가."

원태란 건넌방 마님의 사위 말이다. 오늘쯤은 들어오게 되리라던 마님이 못 들어온다는 기별 겸, 약값을 얻으러 온 눈치 같기에 규상이 아버지는, 용이나 쓰시라고 삼천 원을 약값으로 주어 보냈다 한다.

"그거 안됐군요. 정 심하시면 입원이라도 시켜 드려서 어서 일어나셔야 할 텐데."

규영 어머니는 마님을 극진히 생각도 하지마는, 당장 집안 살림을 어린 것들에게만 맡겨 둘 수 없는 것과, 저러다가 해산구완할 똑 알맞은 마님을 놓칠까 보아서도 그러는 것이었다.

"뭐 곧 일어나시겠지, 아이들이 좀 쓸쓸할지 모르지만……."

아랫방은 둘이나 텅텅 비어 있고, 밤이면 안채가 더 쓸쓸한 것이 주인 영감에게도 애가 씌우는 것이었다. 그러나 아이들은 열 시가 넘도록 놀다가 곤드레 떨어지면 무서운 줄도 몰랐다.

"아버지 저 다락의 내 운동화 한 켤레 동무 줘두 좋겠죠?"

부산히 숟가락질을 하던 규상이가, 무슨 혼자 생각을 하다가, 부친을 마주 치어다보며 불쑥 말을 꺼냈다.

"그건 왜? 너두 신어야지."

"아직 네 켤레나 있던데요. 고무신이 꿰져서 거진 맨발질을 하는 불쌍한 애가 있어서 갖다 주려구요."

규상이는 숟갈을 든 손을 멈추고 열심으로 조른다.

"아무려나 하려무나. 너의 반 애냐?"

운동화 한 켤레에 사오백 원 하겠지마는, 돈이 아까운 것이 아니라, 아는 공장에 특별히 맞추어 두고 신기는 것이니만큼, 까닭 없이 동무들에게 활수 좋게 텅텅 내줄까 보아 그러는 것이지마는, 그렇게 선심을 쓰려는 어린 마음을 받아 주는 것도 좋은 일이라고 부친은 생각하는 것이었다.

"얘는 요새 새루 얻은 동무에게 아주 반해 엎드러졌답니다."

부친의 옆으로, 모친과 마주 앉은 누이가 생글 웃으며 말을 거들려니까,

"학교두 못 다니구 가엾은 애지마는, 아주 좋은 애예요"

규상이는 씹던 고깃저름를 삼킬 새도 없이 열심히 대꾸를 한다.

"학교두 못 다니는 그런 애하구 어떻게 어울려 놀게 됐단 말이냐? 요기 극장 앞에서 뱅뱅 도는 조물탱이 가다패라든가 하는 불량소년은 아니냐?"

부친은 공부 잘하고 반장인 우리 아들이 설마 그러랴고 믿기는 하나, 깜짝 놀라는 기색이었다.

"그런 애 같으면 내가 같이 왜 놀겠어요. 저기 굴속에 살면서 저 어머니하고 채석장에서 돌을 깨뜨려 번 돈을 모아 가지고, 인제 우리 학교에 들어온다는 애예요. 그 애 어머니도 꼭 우리 어머니같이 생긴 이가 어떻게 얌전하고 마음이 좋은데요!"

규상이는 열고가 나서 변명이다. 그러나 부친은. "우리 어머니 같이 생긴 이"라는 말에, 빙긋 웃으며, "어떤 어머니?" 하고 물으려다가, 돌아

간 어머니 같다는 대답이 나오면, 옆에 앉았는 새어머니가 듣기에 좋아할 것도 없으리라는 생각이 들어서 잠자코 자실 것만 자시고 있다. 아닌 게 아니라, 옆에 앉아 어린애 시중을 들던 규영 어머니도 그 말이 귀에 거슬렸던지, 무심코 규상이를 힐끗 돌아다보고는, 빙긋 웃는 부친에게로 눈이 갔으나, 못 들은 척하고 후딱 없어진 고기 접시를 들고 일어서서 부엌으로 내려간다. 선머슴인 규상이는 자기 말이 새어머니 귀에 어떻게 들렸는지 그런 눈치는 못 차렸으나, 옆에 앉은 누이는 벌써 계모의 기색을 알아차리고, 동생에게 눈짓을 했다. 새어머니 앞에서 돌아간 어머니 말을 꺼내지 말자고 둘이 이야기해 둔 것이 있는지라, 그제야 규상이는 알아차렸다는 듯이, 헤에 하고 선웃음을 치며 왼손이 머리로 올라갔다.

부친도 모든 것을 알아차렸으나 모른 척하여 버렸다. 그러나 남편이나 전처소생인 남매가 무심중이라도 전 댁내나, 난 어머니를 칭찬한다는 말눈치를 듣고 실쭉해지지 않는 여자가 쉽지 않다고 생각하는 것이다. 그래도 새어머니가 생김생김이와 덩치 보아서는 너무 칠칠치 못하니, 아버지도 가다가는 돌아간 어머니 생각을 하고 나무랄 때도 없지는 않았다. 그럴 제면 규상이 남매는 한편으로는 듣기 좋기도 하고 어머니 생각이 불현듯이 나면서도 또 한편으로는 쓸쓸한 웃음만 지어 보이는 새어머니가 가엾기도 하였다.

별 걱정 없이 단란하게 지나는 집안이요, 부친도 매사를 잘 눈치 채고 공평히 처사해 주겠다, 계모라고 명토를 박아서 이러니저러니 말썽스러운 일이라고는 조금도 없으나, 가끔 이러한 것이 모든 사람의 마음을 휘저어 놓곤 하였다.

부친도 이제는 아이들의 머리가 커졌을 뿐 아니라 날이 가고 해가 가는 동안에 죽은 어머니 생각도 차차 엷어져 가니, 한시름 놓는다는 생각이지마는, 그래도 젊은 새어머니와 사이에는 결이 덜 삭은 데가 있고, 무언지 모르게 가로막힌 데가 있는 것 같아서, 자칫하면 집안에 쓸쓸한 공기가 도는 듯싶고 아이들이 풀이 빠져 보이기도 하여, 사십이나 된 규상이 아버지에게는 그것이 늘 싫기도 하고 은근히 마음이 쓰이는 것이었다.

잠깐 동안 이야기가 뜸하였다가, 규상이는 또 불쑥

"아버지 한 만 원 든다는데, 그 애 학교나 좀 들여보내 주셨으면 어때요……?"

하고 제 생각에도 될 성 싶지 않은지 싱글 웃는다.

"허허허……참 정말 여간 마음에 드는 게 아닌 게로구나! 그러나 너의 아버지가 무슨 큰 부자인 줄이나 되는 줄 아니? 내 자식이나 남의 자식이나 공부는 시켜야 하겠지만, 너의 아버지가 거리의 아이들을 줏어 데려다가 공부시킬 만한 그런 부자는 못 된단다."

하고 부친은 껄껄 웃었으나, 그런 주책없는 소리 말라고 나무라거나 하지는 않았다. 어떻게 사귄, 어떤 아이인지는 모르겠으나, 어쨌든 그러한 동정심이 많은 우리 아들이 제법이로구나 하며 속으로는 규상이를 칭찬하고 귀엽게 생각하였다.

"내가 벌이를 한다면 그런 애를 척척 도와서 공부를 시켜주련마는……"

규상이는 더 졸라 볼 수도 없고, 이렇게 자탄만 하였다.

"그래, 공부 잘해서 잘 벌어 가지구 없는 애 공부두 시키구, ……아버지 못한 일을 네가 해야지."

부친은 신기가 좋아서 이렇게 대꾸를 하여 주다가,

"그렇게 어려운 애면 운동화를 갖다 주는 것은 좋지만, 막벌이나 하는 그런 애하고 노는 것은 좋을 거 없어. 왜 학교 동무가 얼마든지 있는데, 하필 그런 애하고 놀더란 말이냐."

하고 부친은 눈살을 찌푸려 보였다. 그 아이 어머니가 규상이 어머니같이 얌전하고 무던하단 말에, 부친은 과히 나쁜 아이는 아니려니 짐작하면서도, 하여간 그따위 굴속에서 사는 돌 깨뜨리는 아이와 놀리기는 싫었고, 좋지 못한 것을 배울까 보아 염려도 되었다.

(2)

이튿날 규상이는 학교에 가서, 첫 시간이 끝나고 나오다가, 복도에서 담임선생님을 붙들고,

"학교에 전학해 오자면 돈이 얼마나 듭니까?"

하고 물어보았다. 완식이와 그렇게까지 친한 새도 아니려니와, 완식이 자신은 자기가 완식이를 생각하느니보다도 규상이를 반도 생각지 않는 모양이요, 도리어 찾아가고 학교에 못 다니는 것을 걱정해 주고 하는 것을 성이 가셔 하는 눈치로 설면설면히 굴지마는 역시 가엾고 마음에

키었다. 만일 선생님께 청을 해서 싸게 넣어줄 수 있다면 청이라도 해 보자는 생각이었다.

"왜 그래? 한 만 원은 들껄."

규상이를 귀해하는 선생님은 싱글싱글 웃으며 대꾸를 한다.

"그보다 적게는 안 됩니까? 아주 어려운 앤데, 공부는 잘하구 똑똑한 애예요"

"누군데? 그런 애거든 돈 많으신, 집의 아버지께 좀 대어 주시라지." 하고 선생님은 지나는 말로 웃는다.

"한 오천 원이면 되겠죠?"

규상이는 가망이 있나 보다하는 생각으로 방공굴에 산다는 것과 채 석장에서 벌어서 만 원 학비를, 일 년 작정으로 모으고 있다는 말을 열 심히 설명하였다.

"허나, 그게 최소한도의 규정인데…… 뭐냐 첫째 자리가 있어야지. 인제, 내년 봄에는 저 동네에 학교 하나가 또 되니까 그리 가라지."

선생님은 규상이의 일가 애도 아니요, 거리에서 우연히 만난 그런 아 이면야, 어린아이의 솔직한 순정은 못 알아 줄 바 아니나, 탐탁히 생각 지는 않았다.

규상이도 자리가 없다는 데야 더 말이 아니 나왔다. 그러나 부잣집 아이라면야, 그리고 제가 이 학교에 전학할 때처럼 기부금을 넉넉히 내 면야, 자리를 비집지 못할 것도 아니겠지 하는 생각을 하여 보니, 대관 절 돈이란 무엇인가? 하고 돈이 좋기도 하고 더럽다는 생각도 든다.

"형편이 있는 사람이나 없는 사람이나 똑같이 내라니, 공평이 지나쳐서 도리어 불공평하지 않은가? 더구나 의무교육이 된다면서……."

규상이는 이런 불평도 혼자 생각하다가 저번에 완식이가, "그건 규칙인데……나 앉을 책상 값은 해 들여 놓아야지." 어쩌고 하던 말이 머리에 떠오르자, 아무 불평도 말하지 않는 완식이가, 자기보다는 더 소견이 있고 마음이 바른 아이라고 다시금 탄복하는 것이었다.

이날 저녁 때 선들바람이 나기를 기다려서 규상이는, 운동화를 신문지에 싸 들고 나섰다.

"그런데 가면 어디서 노니? 굴속에 들어가 이야기를 하니, 참외 좌판에서 노니?"

진숙이는 동생의 거동을 말끔히 바라보다간, 웃으며 말을 붙인다.

동생이 하두 칭찬을 하고, 더구나 그 어머니가 돌아간 어머니 모습 같다는 말에, 규상이를 따라가서 한번 보고 싶다는 호기심도 한편에 없지 않지마는 방공굴이나 참외 가게의 좌판에서 규상이가 노는 꼴을 머리에 그려 보고는, 지저분하고 싫은 생각도 드는 것이었다.

"아무려면 어때, 사람만 좋으면 그만이지. 내 운동화 신겨 가지구 데리구 올게, 좀 봐요"

"그래 데리구 오너라. 좀 보게."

규상이는 누이도 자기와 같이 그 아이에게 흥미를 가지는 무슨 원조자(援助者)나 얻은 듯이 좋았다.

완식이는 해가 지나간 참외 가게 위에 맨 원두막에 올라앉아서, 무슨 책인지 열심히 들여다보고 있다.

"무슨 공부하니?"

규상이는 그 시렁으로 가서 턱에 손을 걸며 말을 붙이었다.

"응, 사회생활야."

완식이는 책을 덮어 놓으며,

"어제 그건 왜 사 놓구 갔니, 고맙긴 하지만, 집에 있는 건데 괜히 돈을 들여서……"

하고 어제 참외를 사놓고 간 인사를 하였다.

"그래 오늘은 좀 어떠냐?"

"응, 이젠 괜찮아."

규상이가 발디딤에 발을 얹어 놓으며 올라가는 것을 보자 완식이는

"가만있어. 내 내려 갈게."

하고 껑충 뛰어내린다. 그만큼 완식이는 열이 빠지고 몸이 거뜬하였다. 규상이는 손에 들었던 신문지 봉지를 슬며시 그 원두막 한구석에 놓고, 완식이를 따라서 어제 놀던 가게 터전 뒤의 걸상으로 가서 나란히 앉았다. 완식이의 생각에는 이 귀빈을 거리에서 빤히 보이는 그런 원두막 위로 끌어올리기가 안 되어서, 조금이라도 구석진 이리로 끌어다가 앉힌 것이었다.

"내, 오늘, 선생님께 한 오천 원만 가지구 들어갈 수 없겠느냐구 여쭈어 보니까, 그건 고사하고 자리가 없다는구나……"

규상이는 우선 급한 보고가 이것이었다.

"응! ……"

완식이는 이렇게만 대꾸를 하였으나 부탁도 안 한 일을 제풀에 물어 보아다가 주는 규상이가 고마웠다.

"인제 이 동네에 학교가 또 하나 된다나. 그게 되면 거기 들어가기는 쉬운가 보더라."

"응! 그래? ……그건 언제 된다던?"

완식이는 반색을 하였으나, 이제 집을 지을 계획이니까, 일러야 내년 봄에나 개학을 하게 되리라는 담임선생의 말대로 일러 주니까,

"그럼 안 되겠는걸. ……난 내년 일월 개학 때엔 들어가야 하겠는데." 하고 실망하는 낯빛이었다. 규상이는 한참 무슨 생각을 하다가,

"너, 우리 집에 놀러 가자." 하고 불쑥 말을 꺼냈다.

"싫어, 난 싫어."

"왜? 가자꾸나."

완식이가 하도 질겁을 하며 도리질을 하는 것이, 그 뜻을 어렴풋이 짐작은 하면서도, 그다지도 유난스럽게 잡아떼는 양이 이상스럽고 섭섭하여 멀뚱히 바라보다가,

"그러지 말구 우리 집에 가서 놀다가, 아버지 들어오시거든 학교에 좀 들어가게 해 줍시사구 말씀을 해 보란 말야. 우리 아버진 학교 교장이나 우리 담임선생님하구 친하니까, 청을 하면 자리가 없더라두 어떻게 비집어서 넣어 줄지 모르거든." 하고 제 속셈을 터놓고 일러 주었다. 고집불통인 완식이도 그 말에는 솔깃해지는 눈치였다. 그러나 또 한참 생각하다가,

"너 아버지가 어떤 어른이신지, 나 같은 게 가서, 무서워서 어떻게 그런 말씀을 한단 말이냐?"

하고 픽 웃는다.

"이런 얼뜬 소리 봐! 우리 아버진 호랑이란 말이냐? 뭐 무서워, 아이들 귀해 하시고 좋은 양반이란다."

규상이는 동무를 안심시키자는 말인데 어느덧 아버지 자랑이 되고 말았다. 그러나 사실 마음 착하고 집안에서 큰소리 한마디 내는 법 없이, 늘 웃는 낯인 좋은 아버지에는 틀림없었다.

"그래두 오늘은 못 가, 누나가 지금 나갈 테니까."

완식이의 말이 떨어지기가 무섭게 완식이 누나 완희가 굴속에서 나오며

"너 또 왔구나?"

하고 규상이에게 웃어 보인다. 굴속에서는 나왔을 법해도 어제처럼 얌전히 빨아 다린 깨끗한 적삼에 부숭부숭한 치마를 입고 검정 고무신을 신은 발등도 하얀 것이, 저의 어머니처럼 그리 고된 일은 아니하던 것이 분명하다. 규상이는 인사 대신에 웃어만 보였으나, 아마 종점으로 가서 신문을 받아 가지고 팔러 나가나 보다고 생각하였다.

"어머니 곧 오시겠지만, 배고프거든 밥상 차려 놨으니 혼자 먹어라."

완희는 아직 열다섯 살이지마는 이렇게 점잖이 동생에게 일러놓고, 산들바람에 시원한 듯이 살랑살랑 큰길로 내려간다.

규상이는 완식이가 혼자 앉았는 것을 버리고 가기가 안 되었기에, 좀 더 앉아서, 만주 이야기, 해방하였을 때의 이야기, 삼팔선을 넘어 올 때의 이야기를 한참 듣다가,

"그래, 너 아버지는 지금 어디 계시냐?"

하고 물으니까

"우리 아버지? ……우리 아버지가 살아 계시면, 설마 우리가 이 지경이겠니?"

하고 완식이는 풀 없는 얼굴빛이 된다. 규상이도 어머니 생각이 나서 더 이상 물어보고 싶지 않았다.

"그래 만주서 아버지도 안 계신데 뭘 하구 있었니? 얼른 나오지 않구?"

"우리 어머니가 국민학교 선생이셨는데, 전쟁 때 우리나라에 나와두 별수 없으니까 그대루 있었지……."

우리 어머니가 국민학교 선생이었다는 말에, 규상이는 일변 놀라기도 하며 일변 그 아낙네가 내 어째 다르더라니……하는 생각이 들어서 몇 번이나 고개를 끄덕였다. 그러나 어린 마음에도 아무려면 학교 선생을 다닌 이가 돌을 깨는 막벌이를 하더란 말인가? 하는 의분이 치밀어서,

"그럼 왜 너 어머니가 선생 노릇을 다시 안 하시구, 이런 데서 이렇게 됐단 말이냐?"

하고 핀잔을 주었다.

"하지만 서울 와선 별안간 아는 사람이라곤 피난민뿐이요, 고향엔 가기가 창피스럽다 하시구……. 그러는 동안에 불난리를 만났으니, 이제는 빨간 몸뚱아리만 남아서 어딜 가실 수두 없구……."

하고 완식이는 말을 끊다가,

"우리 어머니두 인젠 늙으셨기두 하지만, 얘, 한글이니 사회생활이니

어렵더라. 우리 어머니는 그걸 모르시거든, 일본 것은 잘하셔두, 우리나라 건 모두 새로운 판으로 배우셔야 할 텐데, 그걸 배우실 새가 있어야지 않니, 되레 어머니를 가르쳐 드린단다."

"참 그렇기두 할 게다."

하고, 규상이는 고개를 끄덕끄덕하였다. 해는 아직 높다랗다. 차차 아버지가 돌아오실 때가 되었을 것 같아서 화초에 물 줄 일을 생각하고 일어섰다.

"그럼 어머니 오시거든 말씀 여쭙구 있다라두 꼭 놀러 오렴."

헤어지면서 규상이는 또 한번 다졌으나, 완식이는 싱글싱글 웃기만 하였다.

규상이는 원두막 앞턱에 놓인 운동화 봉지로 눈이 갔지마는, 신어 보라고 풀어 보였다가는, 난 그런 것 안 신는다고 심술이나 부리고, 무안스럽게 퇴짜를 맞을까 보아 차마 말을 못 꺼내고 와 버렸다. 완식이도 그 봉지에 무심하였다.

(3)

"나 좀 보세요"

하는 소리에, 부엌에서 저녁상에 놓을 전유어를 썰어 담고 있던 진숙이가, 내다보니, 누런 베치마에 베적삼을, 입은 아낙네가 손에는 신문지에 싼 것을 들고 중문 안에 들어섰다.

"이 댁에, 김규상이란 학생 있죠?"

"네, 어디서 오셨에요?"

진숙이는 이 아낙네가 누구인지, 그 손에 든 것이 무엇인지 첫눈에 짐작이 났다. 얼굴은 까맣게 탔어도 상냥스럽게 웃는 그 눈과 입모습이, 규상이에게 몇 번이나 듣고 머리에 그려 보던 그 얼굴이었고, 손에 든 것은 아까 규상이가 싸 가지고 나갔던 그대로였다.

"저 위서 삽니다마는, 이것을 댁 애기가 우리게 놀러 왔다가, 잊어버리고 갔기에……."

아낙네의 말이 채 끝나기도 전에, 안방에서 공부를 하고 있던 규상이가,

"네? 뭐예요? ……"

하고 튀어 나오다가, 저만큼 아랫방 모퉁이에 완식이 어머니가 섰는 것을 보자,

"안녕합쇼"

하고 마루 위에서 꾸벅하며 반겨 뛰어 내려온다.

"아니, 그건 댁의 동무 애한테 갖다 준다구 가지고 간 것인데요"

누이가 앞질러 대꾸를 하고 섰다.

"온 천만에! 언제 알았던 동무라고 그런 걸 다아……."

완식 어머니는 여전히 웃는 낯으로 인사를 하며, 손에 든 것을 아랫방 툇마루에 놓는다.

"아녜요 완식이 갖다 주세요 집에 있는 거길래, 한 켤레 신어 보라구 가지구 갔는데, 그 애 성미에 받을 것 같지 않아서 그대루 놔두구만

온 거예요."

규상이는 눈이 커다래지며 아랫방 마루 끝에 놓인 운동화 봉지를 집어 완식이 어머니에게 쥐어 주려 한다.

"하하하……난, 사 들구 가다가 놓구 간 줄 알았군. 하지만 그 애 성미는 어쩌면 그렇게 잘 아누! ……"

하며 완식이 어머니는 너무나 기특하고 자기 아들의 성질까지를 잘 알아주는 데에 감복하여, 소리를 내어서까지 웃으며,

"그래 그 애 성미가 이상스러워서 남이 주는 걸 거북해 하구, 없는 집 자식이 꽤 까다로워서, 아무렇게나 하는 게 아니라, 남이 주는 것을 삐죽이 입고 나서거나 신고 나서기를 싫어하는 성미라우. 마음만 해도 고맙구 무던하지! 어젠 또 참외를 사 주구 가구…… 너무 그러면 내가 되레 미안해요."

하고 남매를 번갈아 보며 인사를 한다.

"내가 뭘 했다구 그러세요? 다치게 해서 며칠씩 벌이두 못 가게 한 값으루……"

완식이 어머니는 규상이 말을 다 듣지도 않고 손을 내두르며,

"에그, 인젠 다시 그런 소리 말아요. 어쨌든 마음만이라두 고맙다. 잘 있거라."

하고 돌쳐서려 한다.

"그러지 말구 갖다 주시죠. 동무끼리 맘 먹구 한 일을……. 참 댁 아이를 다쳐 주었대죠?"

진숙이도 운동화를 주어 보내려고 권하며 인사를 하니까,

"무얼 댁 아이가 그런 것두 아니지만……. 참 그런데? 학생 아씨는 누나가 되는 거지? 어머니께선 안 계슈."

하고 완식이 어머니는 주인마님에게도 고맙다는 인사를 하고 가고 싶다는 말이었다.

"네, 몸이 좀 아프셔서 뉘 계셔요."

오늘은 부친이 좀 늦겠다는 전화가 있어서, 벌써 여덟 시가 되었건마는 저녁들도 아니 먹고, 어머니는 부엌일을 대강 거들고는 자기 방에 들어가 부친이 들어오기를 기다리고 있는 것이다.

완식 어머니가 막 돌쳐서려니까, 문밖에서는 부르르하고 차가 와서 닿는 소리가 멀리서 난다. 규상이는 그까짓 신발짝을 들고, 마다는 것을 어른더러 자꾸 가지고 가라고 복장을 안길 수도 없어서 단념하고, 손에 들었던 봉지는 툇마루 끝에 던져 버리고 가는 이를 배웅할 겸 아버지를 맞이하러 대문께까지 따라 나갔다.

완식 어머니가 양관 현관까지 오자니까, 벌써 대문 안에 들어선 주인 영감과 마주쳤다. 현관에 마중을 나와 선 규영이 모자에게 웃음으로 알은체를 하고 난 부친의 시선이 이리로 오자, 규상이 앞에서 멈칫 서며 주인이 지나가기를 기다리던 완식 어머니와 눈이 마주쳤다. 완식 어머니가 고개를 꼬박하여 보이니까 부친도 모자에 손을 얹어 인사 대답을 한다. 쏜살같이 빠져 나가는 완식 어머니는, 얼떨결에도 주인아씨를 힐끗 보고,

'어구, 영감보다 퍽은 젊다!'

고 생각하였다.

부친은 오늘 약주기가 있었다. 밖에서 친구와 회식이 있었던 모양이나, 그래도 부친은 아이들을 위하여 식탁에 나와 앉았다. 오늘은 저녁 생각이 없으니, 술이나 한 잔 자시겠다 하여 주전자가 올라오고 마른안주를 꺼내 오고 하였다.

"아까 그 안손님은 누구냐?"

부친은, 그릴에서 먹던 프라이보다도 우리 집 전유어가 훨씬 더 맛있다고 칭찬을 하여 어머니와 누이를 웃기고, 한참 신기가 좋더니, 화제를 돌려서 이번에는 규상이에게 말을 붙이었다.

"어제 말씀한 그 애 어머니예요."

규상이는 그 이야기가 하고 싶어서 물어 주기를 기다렸다는 듯이 얼른 대답을 하였다.

"응……, 왜 왔어?"

부친은 속으로, '내 그저 그런 듯싶더라니…….' 하는 생각이 났으나, 입 밖에 내지는 않았다. 아닌 게 아니라, 키가 조그마하니, 날씬한 몸집이라든지, 힐끗 마주친 그 눈찌와 얼굴의 윤곽이 어디서 보던 사람같이 낯 서투르지가 않고, 직각적(直覺的)으로 규상이가 말하던 '어머니 같은 아낙네'인가 보다고 대번에 짐작이 들었었다.

"운동화를 다시 가져왔에요."

"흥! 어려운 사람이 매우 끌끌한 체를 퍽은 하는 게로구나?"

부친은, 말은 이렇게 하면서도, 딴은 방공굴 속에서 살 법해도 속이 살고, 체면 경우 차리는 사람인가 보다고 마음속으로 대견히 생각하는 것이었다.

"그 아이가 무척은 고집이 세고, 자존심이 많은가 봐요……."

진숙이가 이런 소리를 하고, 자초지종을 설명하려니까, 부친은 껄껄 웃으며,

"애 그 놈 별놈이구나, 사내놈이 그런 맛도 있어야 하겠지만, 넌 그 놈 기승에 휘둘려 지내는 모양이로구나?"

하고 규상이를 탁 치는 소리를 하여 보았다.

"내가 왜, 뭐 땜에 눌려 지내요. 성질이 끌끌한 것을 아니까 아무쭈룩 신켜 주려구 슬그머니 소리 없이 주고 왔죠."

규상이도 분연히 자기도 지지 않는다는 변명을 한다.

"허허허. 네 말두 옳아!"

부친은 신기가 더 좋아간다.

"기위 말이 난 것이니 다시 갖다 주어라. 주려던 것을 도로 받을 수야 있나."

하고, 부친은 얼마쯤 전보다 동정이 가는 말눈치였다.

"저 싫다는 것 갖다 주긴 뭘 갖다가 바칠구. 사람이 끌끌한 데두 있어야 하겠지만, 그러기에 그런 사람은 고생주머니지."

규영 어머니가 비로소 말참견을 하였다. 친정 동생이 생각나서 그런 남 줄 운동화가 있거든 나 달라고 하고 싶기도 하였지만, 차마 그런 말은 입에서 아니 나왔다.

"그두 그렇지만……."

하고 부친은 어머니 말도 받아 주며,

"……사람이란 경우 없이 조르고 달라면 밉살스럽다가도 아무리 어

려워도 제 가림은 제가 한다고 버둥대는 사람은 주어도 아깝지 않다는 생각이 드는 것이거든, 기위 주려던 것이니 대수런 것은 아니지만, 갖다 줘라. 넌 갈 것 없구, 요 앞이라니 명순이 시켜 보내 줘."

부친은 약주 김이라도 하지만, 열심으로 갖다가 주라는 말에 규상이는 좋아라 하고 득의만면하여,

"명순아!"

하고 호기스럽게 소리를 친다.

제6장

화해

화해

(1)

"봉수야 있다 굴집으로 참외나 사 먹으러 갈까?"

철봉이 제 장기인 봉수가, 철봉에 매달려서 연거푸 홀깍홀깍 재주를 넘다가, 가쁜 숨을 돌리려고 포플러 나무 그늘로 나와 앉자니까, 이쪽 철봉 틀 위에 말을 타고 앉았던 영길이가 내려다보며 말을 붙인다.

"맘대루 하렴. 왜 하필 굴집으루 참외 사 먹으러 가든?"

봉수는 코웃음을 쳤다. 다른 아이들은 '굴집 참외'란 무슨 참외인지 영문을 모르나, 영길이가 봉수를 놀리는 수작인 것만은 눈치채고 멋없이 싱긋 웃는 아이도 있었다. 엉덩이가 무거운 영길이는 철봉은 풋볼과 달라서 도저히 봉수를 당해내지 못 하는 터이라, 철봉에 매달린 봉수의 몸이 착착 휘며 나비춤 추듯이 노는 데에, 삥 둘러선 아이들이 반해서 바라보고 있는 것이 부럽든지, 저도 한번 아이들 앞에 재주를 피워 보

97

자고 이쪽 철봉에 매달려 본 것이라서, 일향 아이들의 갈채커녕, 주의도 못 끌고 말았으니, 혹은 그것이 분하고 시기가 나서 봉수를 긁어 잡아당기는 소리를 하는가도 싶었다.

"이 자식 큰소리를 한다. 규상이는 네 대장이니까 굴집에 따라가서 참외나 얻어먹고 다녔든? 이 자식, 뭐 어쩌구 어째?"

공연한 생트집이다. 일전에 규상이를 따라서 채석장의 소년을 찾아갔던 것을 영길이가 묻기에 그 집이 방공굴 속에서는 살 법해도 참외 장수를 하고 잘 살더란 말과 규상이 집에서 참외를 사다가 먹어 보니까, 맛이 유난히 좋았더라는 이야기를 들려 준 일이 있는데 무엇에 심사가 났는지 그 이야기를 지금 불쑥 꺼내서 비꼬는 것이었다.

"병정 노릇을 하든 대장 노릇을 하든 네 아랑곳이냐? 오지랖 넓은 소리 그만둬."

봉수도 전과 같이 굽절어 지내지는 않았다.

소리와 함께 영길이는 철봉에서 툭 뛰어 내린다. 두 무릎을 세우고 앉았던 봉수도 발딱 일어나며 방위(防衛)의 자세로 딱 버티었다. 여러 아이들은,

'육학년 가다가 또 으시댄다! ……'

하는 생각에 겁도 나고 구경거리나 난 듯이 눈들이 똥그래지며 바라보고 섰다.

"건방진 자식! 네가 언제부터 그렇게 건방졌니?"

영길이는 봉수가 규상이 편으로 붙은 것도 괘씸한데, 규상이 편이 된 뒤로는 전처럼 고분고분히 제 말을 잘 듣지도 않고 맞서는 꼴이 아니꼬

운 것이었다. 봉수는 아무래도 한 살 아래요 기가 눌리는 터라, 두 주먹을 부르쥐고 덤비는 영길이에게 마주 대들기는 하였으나, 얼굴만 발개지며, 당장 우박이 내릴 그 주먹을 막아낼 것이 급한 생각에 "이 자식아" 소리 한 마디 내 보지 못하고 눈을 흘겨만 본다. 딴은 봉수는 동무를 "이 자식아" 하고 부르는 입버릇이 없기도 하지마는, 맞서는 기세이면서도 주춤하고 수세(守勢)를 취하니, 다른 아이들이 보기에는 공세로 덤비는 영길이보다는 풀이 꺾여 보여 씩씩하거나 통쾌한 맛이 없다. 그러나 아이들의 마음은 봉수에게 편을 들고 그놈의 트레바리 영길이를 코가 납작하게 한 대 갈겨 주었으면 시원하겠다고 생각들 하였다.

"이 자식! 너 요사이 누구 세를 믿고 함부루 버릇없이 대드는 거냐? 이 주먹맛을 오래 못 봐서 그러는 거지?"

말이 떨어질 새도 없이 딱 하고 한 대 올라가자, 봉수의 광대뼈가 벌게지며 당장 부풀어 오르는 것 같았다.

"내가 뭐랬다구, 이 자식이 괜히 가만있는 사람을 때리는 거야?"

봉수는 눈윗불이 확 나며 여러 아이들이 보는 데서 뺨을 얻어맞았다는 창피하고 분한 생각에 "이 자식!" 소리가 입에서 저절로 나오며 몸부림을 치고 덤벼들었다. 그 사품에 봉수의 주먹도 영길이의 턱을 치받았으나, 턱을 치받힌 것에 한층 더 기승이 난 영길이의 주먹은, 와 달려들어서 말리는 아이들 틈으로, 또 봉수의 머리와 등줄기를 서너 번이나 후려갈겼다.

철봉을 에워싸고 뭇 손길이 공중을 휘저으며 한바탕 복작대다가, 간신히 두 아이를 뜯어 말리고 나니까 그제야 간호당번(看護當番)이 뛰어

왔다.

"왜들 그래? 누가 싸우니?"

뛰어오는 간호당번의 몸은 우글우글하는 아이들 틈에 끼어 안 보이나, 규상이의 목소리만은 영길이도 알아듣고, 슬며시 저편으로 피하여 갔다.

"육학년 가다야……."

"가만있는 박봉수만 애매하게 걸렸단다."

아이들이 제각기 지껄이는 소리를 듣고, 간호당번의 완장(腕章)을 낀 규상이는, 벌써 알아차리고 부리나케 영길이부터 찾았다. 오늘 마침 규상이는 간호당번이 되어 운동장을 분주히 돌고 있던 길이다. 저편 홰나무 밑으로 가는 영길이의 뒤를 쫓아가며 규상이는,

"이영길! 이리 좀 와."

하고 불렀다. 규상이와 정면충돌을 하기 싫어서 슬슬 빼던 영길이는 마지못해 돌쳐서며,

"할 말 있건, 너 와서 말하렴. 간호당번이면 제일이냐? 오가라 하구……."

하며 버티었다. 여러 아이가 보는 데서 뽐내 보여야 체면이 안 깎이겠다는 생각도 있지마는, 당번 선생 앞에 끌려갈까 보아 좀 찔끔하기도 하였다.

"너 왜 그렇게 비겁하냐? 이불 속에서 활개치기지, 이제 아니까 아무것두 아니구나!"

규상이는 노해 보이지도 않고, 타이르듯이 점잖게 나무랐다. 아무리

일학년 아래라 하여도 동갑네요 경우 밝은 규상이한테는, 말로 따져서는 한 수 지는데, 그렇다고 해서 손도 댈 수가 없으니 늘 이 아이 앞에서는 머리가 숙인다. 더구나 오늘은 간호당번의 완장을 끼고 있으니, 꼼짝할 수 없이 취체를 당하는 것이요, 훈계를 받게 되었다. 그러나 영길이는,

"뭐, 어째? 그 자식 요새는 나구 말두 잘 안 하려 들구, 아니꼬운 체를 부리니까 한 대 갈겼기루 어쨌단 말야? 심사 틀리면 누구나 갈기는 거지."

하고 코웃음을 치며 동무들에게 이것 보라는 듯이 두 주먹을 엉덩이께에다 대고 딱 섰다.

"잘 갈겼네! 하지만 이왕이면 나를 갈길 일이지 만만하니 봉수냐? 너 나하구 틀렸으면 나하고 얘기지, 분풀이를 왜 그 아이한테 하느냐 말이야? 대관절 분할 건 뭐냐?"

규상이가 눈을 똑바로 뜨니까 영길이는 말이 막혔다.

"너하군 얘기가 안 돼! 이따 굴집으루 참외나 먹으러 가자!"

영길이는 커다란 입을 삐쭉하며 픽 웃고 돌쳐서 간다.

"그러지 말어! 그 버릇을 고쳐야 해!"

규상이는 동무의 뒤에다 대고 한 마디 들씌우듯이 하였으나, 당번 선생께로 끌고 갈 생각은 없었다. 다만 어떻게 하면 저 버릇이 없어질구? 하며 가엾은 생각이 들어 멀거니 뒷모습을 바라보았다.

규상이는 봉수를 이리저리 찾아다니다가 운동장 끝 목책 밑에서 만났다.

"그 따위하군 애초에 아랑곳을 말어."

한쪽 뺨이 벌겋게 부풀어 오른 동무에게, 아프지 않으냐고 묻기가 도리어 안된 생각이 나서, 규상이는 이렇게 위로를 하여 주었다.

"누가 알은체나 한다던, 공연히 지근덕거리구 덤비는 데야 어쩌니! 그 따위루 가다를 피다가는 인제 큰코다치지."

봉수는 아직도 분이 식지 않아 입을 악물고 한 데를 바라보며 앉았다.

"괜히 나 때문에 횡액이로구나! 어떻게든지 꼼짝을 못 하게 제독을 한번 줘야 하겠는데! ……"

하고 규상이가 코웃음을 치려니까,

"나두 이것만 세다면 문제없다만……"

봉수는 뺨과 머리를 만지던 손으로 주먹을 쥐어 내흔들며,

"두구 봐라! 아무래두 내, 권투 선수가 돼서, 그 눔의 대가리에 혹이 가라앉을 새가 없이 해 줄 테니!"

하고 분개를 한다.

"애, 아서라! 가뜩이나, 속 빈 강정 같은 멍텅구리 대가리가 어떻게 되라구!"

하고 규상이가 웃는 것을 보고, 봉수도 마지못해 따라서 픽 웃으며, 조그만 주먹을 슬그머니 폈다.

이런 일이 있은 뒤로 세 아이의 사이는 점점 더 벌어졌을 뿐 아니라, 험악한 고비에 이르렀다. 규상이는 영길이를 만나도 외면을 하였고, 봉수도 한 동네에 사는 영길이와 마주치는 것이 싫어서, 학교에 올 적 갈

적 길을 돌아다니기까지 하였다. 그러나 영길이는 점점 기를 펴고 제 위에는 사람이 없는 듯이 곤댓짓을 하고 꺼드럭거리는 꼴이 한층 더 보기 싫었다. 위선 저희 패를 늘려서, 이 패를 제풀에 찔끔하게 만들려는 계교 속인지, 요전까지도 저희끼리 싸움질을 하고 으르렁대던 '씨름대장'이니 '이괄(李适)'이니 하는 별명으로 더 잘 알려진 가다들과 어느 틈에 그렇게 단짝이 되었는지? 제각기 조무래기 부하들에게 옹위가 되어서 어깨를 얼싸안고 다니는 꼴이 가관이었다. 턱 걸리기만 하면 한번 혼을 내겠다는 위협이요 시위인 것이 뻔히 보이지마는, 규상이는 제멋대로 해 보라지 하고 봉수와 코웃음을 쳤다.

"그깟 놈들 한 묶음이 되어서 다 덤비기루 무서울 것 없다. 우리 반 칠십 명을 총동원시키면, 그깟 놈 여남은 못 당해 내겠냐마는……."

규상이는 반장이요, 전 반 아이들에게 신망이 있느니만큼 그만한 자신도 있었으나, 아무쪼록은 이편에서 피하여 왔다.

(2)

이럭저럭 개학한 지도 한 달이 넘어, 반일만 공부시키던 것도 벌써 끝나고, 여섯 시간 일곱 시간씩 하는 오륙 학년은, 늦은 가을 해가 뒷산 마루에 걸렸을 때나 파해 가게 되었다. 오늘도 다섯 시나 되어 하학종을 쳤다. 그러나 반장인 규상이는 앓는 동무를 제 집에 데려다 줄 소임이 남아 있었다. 책보를 싸면서들도, 모자를 집어 팽개를 치고, 책상 위로 뜀박질을 하고……우당퉁탕 법석들을 하는 속에서 규상이는 부반장 김준식이와 가만히 기다리고 있으려니까, 아까 맞추어 둔 봉수와 장영준이가 이리로 몰려왔다. 장영준이는, 점심시간에 복도에서 졸도를 하여 소사실로 업어다가 뉘어 둔 박창규의 짝이다. 이 아이를 앞세우고 제 집에 데려다 주려는 것인데, 부반장은 책임상 따라간다는 것이요, 봉수는 규상이를 따라 나서는 것이었다.

"자, 가자!"

하고 규상이가 앞장을 섰다.

네 아이가 소사실에를 가 보니 박창규는 그저 쌔근쌔근 자고 있었다. 흔들어 깨우니, 병으로 쓰러졌던 것이 아니요, 이틀이나 굶고 너무 허기가 져서 그랬던 것이라 정신을 차리고 일어나 앉으니 기운이 아까보다는 난 모양이나, 우선 물을 달래서 한 사발을 벌떡벌떡 켠다. 점심은 먹었으니 속이 비지는 않았어도, 그 대신 구갈이 몹시 나는 모양이었다. 아직도 해쓱한 얼굴과, 깔딱 질린 눈이 퀭하니 옴쑥 들어간 것을 보고는 모두들 가엾은 생각에 마음이 좋지 않았다. 부반장과 영준이가 좌우로 부축을 하고 규상이와 봉수는 이 세 아이들의 책가방을 들어 주며 뒤따랐다. 운동장에는 아이들이 거의 비었으나, 아직 남은 아이들은, 풋볼도 지르고, 라켓만 가진 계집애들이 네트 없이 공을 치기도 하고 있었다.

"저 왜 저러니?"

"이틀씩이나 굶구 와서 공부하다가 쓰러졌단다!"

"응? 가엾어라!"

"어쩌면! 저 어머니 아버진 없니?"

계집아이 사내아이 할 것 없이, 규상이의 일행을 저만큼 바라보며 우중우중 서서 속살대는 것이었다. 창규는 허전거리는 다리로 간신히 꺼들려 가는 것이었다.

운동장을 지나서 학교 문을 바라보며 꼽들이려던 네 아이들은 멈칫서니까, 뒤를 줄줄 따르던 아이들도, 구경 삼아서라기보다도 가엾어서 그 아이의 얼굴을 보려고 기웃거리며 서성거리는 것이었다. 창규는 처음 나섰을 제보다도 아래가 더 풀려서 걷지를 못하고 이마에는 식은땀이 흐르는 것이었다.

창규는 어제도 얼굴이 유난히 해쓱하였지마는, 오늘은 눈이 옴쑥 패이고 몸을 잘 가누지 못하며, 교실에 드나들 제 비쓸거리는 것을, 옆의 아이들은 횟(蛔)밴가 무슨 병인가 하고 무심히 보고 내버려 두었던 것이다. 그러다 네 시간이 끝나고, 선생님이 나가신 뒤에 점심들을 먹느라고 법석인 판인데, 비쓸비쓸 교실 밖으로 나가던 창규가 복도에 쓰러지는 것을 보고 아이들이 와아 떠들자, 규상이가 뛰어나가서 껴안아 올리려 하니, 무거워서 혼자 힘으로는 안아 올릴 수도 없었지마는, 의외로 제풀에 정신을 차리고 일어나서,

"아무렇지두 않어, 괜찮어."

하고 창규는 다시 운동장으로 나가려고 비쓸거리며 발을 떼어 놓았다.

"머리가 아프냐? 배가 아프냐?"

"아니, 괜찮어, 집으루 갈 테야."

창규는 입으로는 그렇게 말했으나, 기운이 쭉 빠져서 책보를 가지러

교실로 다시 들어올 수도 없고 선생님한테 가서 조퇴하겠다는 말을 할 기력도 없어서 멀거니 섰기만 하였었다. 그러자 부반장 준식이가 쫓아 나오고, 창규의 짝인 영준이가 달려 왔다.

"박창규, 너 배가 고파 그런 거지? 들어가자."

한 책상에 앉았느니만큼 영준이가 잘 맞추었다.

그제야 규상이는 정신이 반짝 들며, 하도 의외로 듣기에도 창피스러운 말에 기가 막혀서 말이 나오지를 않았다. 세상에 제일 무서운 것이 사람 죽는 것이요, 다음이 도둑놈인 줄로만 알았는데, 그 다음 가게 무서운 것을 지금 처음 본 듯싶었다. 당장 한 교실 안에서 공부를 하던 동무가 배가 고파서 쓰러지다니 세상에 이런 무서운 일도 있는가 하고, 규상이는 눈이 회동그래졌다. 비참한 것을 지나 무서웠다.

"들어가 밥 먹자!"

규상이는 지금 막 보자기를 펴 놓은 점심을 먹여야 하겠다는 생각이 들었다. 그러나 창규는 도리질을 하며 눈을 멀거니 뜨고 그 자리에 주저앉아 버렸다. 창규에게는 아이들이 밥 먹는 자리에 들어가는 것이 싫은 것을 지나서 무서웠다.

"어디 딴 방으로 가서 뉘자. 소사실루 가서 더운 물부터 멕이자."

규상이는 창규가 부끄러워서 그리 하는가 싶어서, 동무들더러 먼저 데리고 가라 하고, 자기는 얼른 뛰어 들어와서 점심 밥그릇을 다시 싸가지고 뒤따라갔다. 이 법석 통에 소사실까지 쫓아왔던 봉수도 준식이 영준이들도 제 벤또를 소사실로 가지고 와서 창규에게는 제일 맛있는 규상이 것을 먹여 가며 다섯이서 서로 나누어 먹었다.

그러나 창규는 점심을 얻어먹고 나니, 시진한 끝이라 더 널치가 되어 그 자리에 쓰러지고 말았던 것이다.

담임선생님도 내려와 보시고,

"공부는 안 해도 좋으니, 자게 가만 내버려 두어라. 한잠 자고 기운을 차리거든 너희들이 데려다 주고 집안 형편을 물어 봐라."

고 규상이에게 이르셨던 것이다.

그래서 창규는 오후의 세 시간 공부를 하는 동안에 잠을 실컷 자고 났으니, 인제는 기운을 차릴 것 같은데 워낙 어린 창자가 이틀을 굶은 뒤라 탈진이 되었는지 갱신을 못 하는 것이었다.

"누가 업었으면 좋겠는데……."

규상이는 갑갑해서 이런 소리를 하였으나, 저도 힘에 부치거니와, 돌아보아야 창규를 업을 만큼 기운이 있는 아이라고는 없다. 하는 수 없이 겨우 걷는 아이를 중병자처럼 찬찬히 끌고 나가는 수밖에 없었다. 그러나 문 앞까지 내려오려니까, 뒤에서 쿵쿵쿵 뛰어오는 발자취가 나더니,

"박창규 아니냐? 왜 그러니?"

하고 영길이가 내달아 왔다. 이쪽으로 등을 지고 풋볼을 지르며 있던 영길이는, 창규가 끌려간다고 누가 귀띔을 해 주는 소리에 제 편, 제 '부하'가 적에게 불법납치나 당하여 가는 듯싶어서, 운동장 가운데 내던졌던 책가방을 움켜쥐고 쏜살같이 내달아 온 것이었다.

"왜 그러니? 어디가 아프냐?"

눈에는 누구보다도 규상이와 봉수가 먼저 띄었다. 정녕 저 자식들이,

107

저하고 친하고, 축구를 같이 하러 다니는 '부하'를 두들겨 패서 저 지경을 만들어 가지구 집으로 끌어다 주나 보다는 짐작이 불현듯 들어 주먹을 쥐고 부르르 떨며 좌우를 돌려다보았다. 그러나 아무도 대꾸를 하는 아이는 없다. 영길이를 좋아하는 아이는 창규를 빼놓고는 이 중에 하나도 없다. 정작 창규조차 말할 기운도 없고, 부끄러운 생각에 잠자코 말았다.

"너희들 애를 어떻게 하는 거냐?"

영길이는 대지르고 규상이와 봉수에게로 달려들려 하였다.

"뭘 어떻게 하는 거야? 넌 아랑곳 말어!"

부반장 김준식이가 핀잔을 주었다. 전교에서 '가다'인지 '어깨'인지로 유명한 영길이가 평소부터 못마땅하였지마는 저번에 봉수를 때려 주고 규상이와 아주 틀린 뒤로는 준식이도 이 아이를 대거리하기가 싫었다.

"이 자식! 날더러 아랑곳을 말라구? 왜 애가 이렇게 됐느냔 말이야?"

영길이는 다짜고짜 주먹을 부르쥐며 준식이에게로 달려들려 하였다.

"애, 그렇게 친한 새면, 밥을 며칠씩 굶어서, 공부하다가 쓰러지는 것두 모르구 뭘 먹었니? 네 벤또라두 멕일 일이지! 우리더러 왜 딴 트집이냐?"

준식이는 창규의 왼편 겨드랑이를 잠깐 놓고 대들었다.

"뭐? ......"

거기에 가서는 영길이도 움찔해지며 멀거니 창규의 해쓱한 얼굴을 다시 치어다본다.

"애들이 어떻게 친절히 해 줬다구! 왜 애들한테 덤비니?"

창규도 보기에 하도 딱해서, 텅 빈 속에서 허청 나오는 힘없는 목소리가 간신히 흘러나왔다.

"응? 정말이야? ……너 배가 고파 그러니?"

영길이도 동무가 배가 고파서 이렇게 되었다는 점은 처음 보는 일이라, 너무나 어이가 없기도 하거니와, 그런 줄은 모르고 이 아이들에게 시비를 건 것이 무색해서 한풀 꺾인 말씨였다.

좌우로 부축한 아이들은 잠자코 창규를 보고 걷기 시작하였다. 머쓱해진 영길이는 규상이나 봉수와는 얼굴이 마주칠까 봐 아무쪼록 앞장서 따라가며,

"그럼 어디 가서 뭘 먹여 가지구 가자."

하고 발론을 한다. 친하다는 자기는 뒷줄로 물러서고, 서로 말도 안 하는 규상이 남의 구원을 받게 된 것이 면목 없고 진 듯싶어서 분하였다. 아무래도 제가 채를 잡고 나서야만 직성이 풀릴 것 같다.

"난 아무것두 먹고 싶지 않어, 어서 넌 집으로 가려무나."

창규는 이 애들이 쌈을 할까 보아 무서운지, 경황없는 중에도 이런 소리를 한다.

그러나 영길이는 창규가 이 아이들의 친절에 넘어가서, 저를 귀치 않게 생각하는가 하고 속으로 불끈하였다. 모두 아니꼬웠다. 그래도 창규의 발자취가 점점 더 부실해지며 곧 쓰러질 듯한 것을 보자,

"애 걷지 못하겠거든 업자!"

하고 창규의 앞으로 쓱 나가더니 웅크리고 앉으며, 손에 든 책가방을 옆에 섰는 아이가 누구인지도 모르고, 맡으라고 내민다. 봉수는 그 책

가방이 징글징글한 송충이나 같아서 손을 대기가 싫었으나, 몸을 가누지 못하는 동무를 업어 나르겠다고, 급한 경우에 선뜻 나서는 것을 보니 가방을 못 받겠다고 할 수도 없었다. 봉수는 입맛이 쓰면서도 세상에 누구보다도 미운 영길이의 책가방을 들어다 주게 되었다.

"그만둬, 난 걸을 테야."

정신만은 가을물처럼 맑아진 창규는, 남에게 폐를 끼치는 것이 싫은 생각에, 부축해 주는 것도 뿌리치려 하였으나, 영길이는 덥석 업으며 그 기세에 쭈루룩 문밖으로 내달았다. 역시 '가다'라 다르다고 속으로 들 웃었다.

"예이 바보! 밥 한 끼쯤 굶었다구 쓰러진단 말이냐!"

영길이는 차차 숨이 가빠지면서도 등 뒤에 대고 입찬소리를 하였다. 그러나 업힌 아이는 차마 대답이 아니 나왔다.

"너도 한 이틀 굶어 보려무나!"

뒤에 따른 장연준이가 대신 대답을 하였다.

"응? 이틀씩? ……뭣 땜에?"

밥을 왜 못 먹었는지, 아직도 어정쩡한 영길이었다.

"어머니 아버지 없구, 벌지 못하면 못 먹지. 쌀 떨어지면 굶었지 별수 있다던! 요사이 쌀 한 말에 이천백 원이야! 너 뭐나 아니?"

영길이는 영준이의 핀잔에 그까짓 건 몰라도 좋다고 되레 윽박질러 주고 싶었으나, 사실 아무것도 모르기도 하지마는, 이틀이나 굶은 창규의 앞에서 큰 소리를 칠 수도 없어 잠자코 말았다.

이만큼 오니까 창규는 내리겠다고 발버둥질을 쳐서, 팔 다리에 맥이 빠진 영길이는 슬머시 놓아 버리고, 허리를 펴며 한숨을 돌린다.

"애썼다!"

준식이의 참다운 인사에 뒤따라, 영준이가 좀 놀려 주는 수작을 하였다. 규상이는, 그래도 밥 굶는 가엾은 동무를 업어다 주기까지 하는 것을 보니, 제법이라는 생각이 들었으나 모른 척하여 버렸다. 그러나 얼굴이 벌겋게 상기된 영길이는 큰일이나 하고 난 뒤처럼 마음이 좋아서, 거기에는 대꾸도 않고, 쓱 돌쳐서다가 봉수가 제 책가방을 들고 오는 것을 보고, 열적은 생각이 들어서 나오는 웃음을 감추느라고, 얼른 얼굴을 창규에게로 돌리며, 팔죽지를 꼈다. 창규의 오른편 팔은 영준이가 꼈다.

(3)

창규의 집은 학교에서 그리 멀지는 않았다. 전찻길 못 미쳐서 네거리를 꼽들여 내려가다가 조금 비탈진 데를 올라서며. 골목 모퉁이 일각대문 집까지 오니까, 영준이가 앞장서 들어가며,

"창규 누나!"

하고 소리를 쳤다. 창문이 꼭 닫힌 아랫방 속에서

"응……?"

하고 모기만 한 소리가 깊숙이 들려 나왔으나, 내다보지도 않는다.

"애 누나두 배가 고파 넓는 게로구나!"

규상이는 또 한번 놀라며 얼굴이 긴장하여졌다. 규상이와 봉수는 각기 들고 온 창규와 영길이의 책가방을 툇마루에 놓으며 방문이 열리기를 기다리자니까, 창규가 마루 끝에 털썩 주저앉아,

"누나! ……"

하고 창문을 열며 그만 눈물이 핑 돌았다.

"이게 웬일이냐?"

창규 누이는 때까지 포대기 조각을 뒤집어쓰고 누웠던지 까만 땟덩이 적삼을 입은 열대여섯 된 계집애가 머리를 쓰다듬으며 간신히 일어나서 문설주를 붙들고 선다. 상큼히 마르고 해쓱한 얼굴은, 며칠이나 세수도 안 하고 누웠었는지 앓은 사람 같은데, 오목하게 패여 들어간 눈만이 정기 없이 깜짝이고 있다.

"그런데 어떻게 된 거유? 이러구 있으면 어떡하우?"

다른 아이들은 어이가 없어 멀거니 치어다만 보고, 역시 영준이가 친하게 다녔더니만큼 말을 먼저 꺼냈다.

"글쎄 어머니께선 추석 못미처에, 닷새만 다녀오마 하시구 시골 가시더니 벌써 일주일은 되는데 안 오시는구나."

굶고들 엎대었느라고 날짜 가는 줄도 모르는지, 추석이 지난 지도 벌써 열흘은 되는데, 이런 소리를 한다. 햇발이 진 쓸쓸한 마당을 휩쓸어오는 저물녘의 가을바람은 방문 밑에 섰는 처녀의 흐트러진 머리 앞을 푸르르 날리며, 까맣게 더러운 적삼이 으스스해 보였다.

모친은 쌀되라도 얻고 고춧말이 생길까 하여, 추석 미처에 나선 것인데, 어쨌든 연천(連川) 외가로 갈 때, 소두 한 말도 못 되는 쌀을 남은

것을 대엿새 먹고 나니 떨어지더라 한다. 그 후 사날은 안집과 옆집에서 꾸어 먹었으나, 그나마 다시는 말할 데가 없으니, 어제부터 이틀을 꼭 굶었다는 것이다.

"장영준, 내게 돈이 있으니 우리 나가 뭐 사 가지구 오자."

영길이가 수군수군하는 소리를 규상이가 옆에서 듣고,

"돈이 얼마나 있는지 쌀 사올 돈은 안 되니?"

하고 물었다. 봉수에게 손찌검을 한 후로 비로소 말을 붙이는 것이었다. 서로 어색하였으나, 때가 때요 일이 일이니만큼, 영길이도 잠자코, 손가락 두 개를 들어 보인다. 이백 원 있다는 말이다.

"그럼 딴딴한 빵 부스러긴 사 오지 말고, 그릇을 가지고 가서 우동을 시켜 오렴."

"참 그게 좋겠다!"

영길이는 다른 때 같으면, 규상이의 말이 열 번 옳더라도 뒤틀었을지 모르나, 그러지 않아도 저 앞의 구멍가게로 나가 볼까 하던 판인데, 그렇게 똥기어 주니, 선뜻 찬성을 하였다. 영준이는 벌써 장독대 옆에 놓인 풍로 위에서 냄비를 번쩍 들고 나섰다.

"애 어서 들어가 누렴."

영길이와 영준이가 뛰어나가는 뒷모양을, 말리지도 못하고 물끄러미 바라보고 앉았는 창규더러, 규상이는 친절히 일렀다. 그래도 앉았는 창규나 서 있는 창규 누나나 맥없이 뜰만 바라보고 있다.

"넌 누구냐?"

안집은 조용하니 아무도 얼씬을 아니하고, 아까 들어올 제, 대문간에서 놀던 네 살 쯤 된 사내애와 애 보는 조그만 계집아이가 따라 들어와서, 구경거리나 난 듯이 이때까지 말뚱히 뜰 한가운데 서 있기에 규상이가 알은체를 하였다.

"쥔집 애야."

계집애가 구경할 것 다 했다는 듯이 고개를 살짝 돌리며, 어린애를 끌고 나가니까, 창규가 대신 대답을 한다.

"안집엔 아무도 없니?"

"없어, 극장에 다니는 배우란다. 낮에 나가면 오밤중에 들어오기두 하구, 전차가 떨어지면 아침에 들어와 온 나절 자기두 하구……"

창규가 말대꾸할 기운도 없는 듯이 가만히 앉았으니까, 누이가 대신 대거리를 한다. 같이 굶었을 텐데, 누이는 그래도 말이 또랑또랑하다.

규상이는 속으로 "응!" 하였다. 주인집까지 그 모양으로 어른이 없고 어린애들만 맡겨 놓고 다니니, 창규 남매는 더구나 의지가 없어서 이렇게 거산을 하고 밥을 굶는구나 하는 짐작이 나섰다.

"애, 이거 뜨겁다! 어서들 먹으라구."

냄비를 든 영준이가 앞장을 서 뛰어 들어오며 신바람이 나서, 맛이 좋으니 아부라게가 들었느니 하고 떠벌린다. 점심을 먹은 창규는 그래도 덜하였지마는, 누이는 냄비를 받아들이며 눈이 번해지고 군침이 저절로 돌았다.

"자, 우린 인제 가자. 창규야 어서 먹어라."

창규는 누이가 부끄러워 그런지, 냄비만 받아 들여놓고 먹으려 하지 않는 눈치에, 규상이는 얼른 봉수를 끌었다.

"내일 학교 오너라. 점심은 내가 해 가지구 갈게."

영길이도 이런 인사를 하고 따라 나서려니까,

"잘들 가거라. 안됐다……."

하고 뒤에서 창규 누이의 힘없는 목소리가 났다.

아이들은 모두 좋은 일을 했다는 마음에 기분이 유쾌해서 얼굴이 환하였다.

"애들아! 어떡하면 좋으냐? 저 어머니가 올 때까지는 쌀을 팔게 해야지."

창규 집에서 나와서 이만큼 오다가 규상이가 발론을 하였다.

"그래! 우리 내일 돈을 몇백 원씩 가져오자."

앞서 가던 영길이가 응하며 돌아선다. 아이들은 이 공론을 하러 우중우중 섰다.

"그러자! 백 원이고 이백 원이고 되는 대루 갖다가 주자."

"규상아, 네가 맡아 모으렴."

이때껏 영길이의 가방을 들어다가 주게 된 것이 마음이 좋지 않아서 멍청히 입을 다물고만 있던 봉수가 비로소 말을 꺼냈다.

"하지만, 그래야 쌀 한 말 값이나 되겠니?"

쌀 한 말에 이천백 원씩 하는 것을 알기나 아느냐고 영길이를 몰아붙이던 영준이의 말이다.

"참 그렇구나, 그럼 우리 가면서 아는 애 집에 들러서 일러두자. 내일 백 원씩만이라두 가져오라구……."

영길이의 의견이다. 규상이는 이렇게도 열심인 영길이의 얼굴을 치

어다보며, 굴집으로 참외 사 먹으러 가자고 빈정대던 영길이는 딴 영길
이던가 싶은 생각이 들었다. '완식이는 그동안 어떡하구 있누?'하는 생
각도 불현듯이 났다.

　네 아이는 영길이의 말대로 오늘 저녁으로 동무들을 찾아다니며 돈
을 거두자고 약속하고 헤어졌다.

　"이영길! 애 썼다. 잘 가거라."

　규상이는 아이들과 인사 끝에 영길이에게 말을 걸었다. 이것저것 다
잊어버리고 그저 마음이 유쾌하였다.

　"응, 잘 가거라."

　영길이도 좀 머줍게 웃으며 소리를 쳤다. 규상이의 귀에는 그 목소리
가 한층 더 친하게 들려서 싱끗 웃고 돌려다 보자니, 봉수는 그래도 이
만큼 영길이와 떨어져서 걷고 있다.

　"영길이두 마음이 나쁜 애는 아냐. 완식이를 넘보구 그런 게 아니라,
우리가 저만 따돌려 놓구 노는가 싶어 괜히 심술을 부렸던 게지……."

　규상이는 혼자 걸으며 이런 생각을 하다가, 완식이 집에를 요사이는
너무 가 보지 않았구나 하는 생각도 났다.

(4)

　이튿날 규상이는 학교에 가는 길에 창규의 집에 들르려고 한 십 분
일찍이 나왔다. 한 손에는 가방에 넣은 제 벤또 외에, 벤또를 또 하나

싸 들었다. 어제 영길이가 창규의 점심은 자기가 맡겠다고 하였지마는 창규가 아침밥을 못 먹고 갈 생각을 하고는 어젯밤에 누나와 의논하고, 예전에 아버지가 쓰시던 커다란 도시락에 가득히 담아 주는 대로 가지고 나온 것이다. 창규네 집은 전찻길 건너 골목 안이었다.

"창규야!"

마당으로 들어서며 소리를 쳤다.

"응 가만 있어."

책가방을 꾸리는지 방에서 꾸물꾸물하는 동안에 대신 누나가 창문을 열고 내다본다. 어제보다 정신이 났는지 깨끗이 세수를 하고, 해말간 얼굴에는 생기가 돌았다.

"너 또 왔구나? 집이 가까우냐?"

"응, 근데, 이거 창규 먹구 같이 가자."

하고 규상이가 손에 든 벤또를 툇마루에 놓으니,

"그건 뭘!"

하고 창규 누나는 눈을 크게 뜨며 놀란다. 창규도 가방을 들고 나서며,

"나 안 먹어!"

하고 뿌루퉁한 낯빛이었다. 어제는 미안하였다거나, 밥을 싸 가지고 와서 고맙다거나 아무 말도 없이, 꿰진 운동화짝을 발끝으로 끌어 신고 나선다.

"아직 시간도 있는데 누나하구 먹고 가려무나!"

"싫여!"

창규가 뒤도 안 돌아보고 문 밖으로 나가니, 규상이도 하는 수 없이

따라 나왔다. 창규는 규상이가 눈물이 나도록 고마웠다. 그러나 규상이 앞에서는 그 밥을 풀어 놓고 누나와 둘이 먹기는 싫었다.

앞을 서서 터덜터덜 가는 창규의 발끝을 바라보며, 어제 저녁 때 업혀 올 정도로 비쓸대던 것을 생각하고는, 먹는 것이란 무언가 하고, 규상이는 놀랍게도 그 밥을 못 먹고 학교에 가는 아이가 있는 이 세상이 이상스럽게도 보였다.

"애, 이영길이가 저기 오지 않니!"

"응!"

창규도 무슨 보따린지 한 어깨에 메고 터덜터덜 오는 영길이를 벌써 알아보았으나, 역시 고마우면서도 반갑지는 않았다. 어제 그 지경이 되어 와서 지금 학교에 가기도 부끄러운데 이렇게들 또 찾아와 주니 좋기는 하나 마음이 무거웠다.

"야아, 창규야! 규상이가 벌써 왔구나!"

영길이는 책가방을 왼손에 들고, 오른손으로는 쌀자루 같은 것을 어깨에 메고 뛰어 온다.

"야, 땀이 다 난다."

영길이는 어깨에 멘 것을 두 아이 앞에 털썩 내려놓으며 껄껄 웃는다.

"그 뭐냐?"

규상이가 대강 짐작은 하면서도 물었다.

"쌀야. 집에서 좀 퍼 왔지!

영길이는 호기스럽게 또 허허허 웃었으나, 규상이는 웬일인지 눈물이 핑 돌았다. 잠자코 고개를 떨어뜨리고 섰는 창규보다도 더 감격하고 감사하였다.

"영길아! 고맙다! 난 너를 잘못 생각했었다!"

규상이는 정말 눈물이 나올 것 같은 것을 억지로 참으면서도, 사과하듯이 이런 소리를 하며,

'나는 완식이 집에 쌀까지 갖다 주지는 못했다! ……'

하는 생각이 퍼뜩 들었다. 그러나 생각해 보니, 완식이 집은 쌀을 갖다가 주어야 할 정도로 어렵지는 않으니까 그렇기도 하였다.

어쨌든 영길이 같은 애가 거진 한 말이나 되는 쌀 전대를 메고 오리라고는 꿈에도 생각 못한 일이니만큼, 규상이는 더 놀라고 감복하였다. 그야 곤경에 빠진 부하를 적진에 내맡기고 모른 척하고만 있을 수 없다는 경쟁심으로도 그러한 협기(俠氣)가 났을지 모르나, 완식이 따위는 초개(草芥)같이 깔보던 영길이가 아니었던가! 그것을 생각하면 영길이도 본심은 좋은 애로구나 하고, 다시 친하고 싶은 생각이 났다. 쌀자루를 창규의 집에 갖다가 두고 나온 영길이가, 길가에서 기다리고 있는 규상이를 보고 싱글 웃는다. 규상이도 거기에 끌려 마주 벙글하고 나란히 걷기 시작하였다.

"애썼다!"

규상이는 진심으로 창규 대신에 인사를 하였다. 창규는 미안하고 부끄러운 생각에 그러는지 뒤도 안 돌아보고 앞서 간다.

"애, 이거 창규 책상에 넣어 주렴."

학교에 들어와서 헤어질 때 영길이는 가방에서 벤또를 꺼내 주며 규

상이에게 부탁을 하였다.

"고맙다! 이젠 네 마음을 알았다!"

창규의 손에 쥐어 주지를 않고, 자기에게 맡기는 것이 규상이에게는 또 좋아서,

"영길아 요샌 굴집에 참왼 없더라만, 사과나 먹으러 가자꾸나!"

하고 유쾌한 듯이 웃었다. 한 달 전에 완식이 때문에 싸우고 이내 말도 않고 지낸 것을 서로 풀어 버렸다는 듯이 놀려준 것이었다.

"자식은! ……그래, 굴집에 한번 같이 가자."

하고 영길이는 열없는 듯이 규상이의 등을 탁 치고 달아나 버렸다.

제 7 장

새 동무

새 동무

"봉수야, 그렇게 노할 게 뭐 있니? 저번에는 내가 잘못했다."

영길이가 새침하니 입을 봉하고 걷는 봉수에게 말을 붙였다. 한 달 만에 비로소 말을 하는 것이다. 어제는 봉수가 가방을 들어다 주고 같이 갔고 했어도 모른 척하고 헤어졌었다. 봉수는 단단히 화가 났던 끝이라, 웃는 듯하면서도 입만은 빼쭉하고 말았다.

"사내자식의 입에서 잘못했단 말이 여간해서 나온다던, 그만 풀자꾸나!"

영길이가 봉수의 어깨를 탁 치니까,

"여간 잘못을 안 했던 게로구나?"

하고 봉수는 겨우 입을 열었으나 쏘는 듯한 핀잔이 되고 말았다.

"그래, 인제 그만해 둬."

규상이가 마지막 중재를 붙였다.

"잘못했단 소리를 몇 번이나 들었기에! 입에선 잘못했대두 주먹은 여

123

전히 뻗대는걸!"

봉수의 비꼬는 말에 아이들은 모두 허허거리었다.

그러나 영길이는 더 탄하지는 않았다. 다른 때 같으면 "너 누구 세력을 믿고 그러니……" 하고 핏대를 올렸겠지마는, 좋은 일을 하였다는 자랑과 기쁨에 마음이 느긋해진 영길이는 벙글벙글 웃기만 한다.

지금 이 아이들은, 오늘 하교 후에 창규 집에 가서 아침에 두고 온 전대를 찾아 가지고 그 길에 굴집으로 사과 먹으러 가자고, 영길이가 발론하여, 책가방들을 들고 산턱을 바라보며 가는 길이었다.

이때껏 오면서 규상이는 영길이에게 완식이가 어떤 아이라는 것과 학교에 못 다니는 가엾은 사정을 자세히 들려주고 난 끝이었다.

"다 왔다. 저기야!"

규상이가 가리키는 원두막은 부유스름하게 엷어진 가을볕에 쓸쓸히 우뚝 서 있다.

"완식아 뭐하니?"

"응……."

완식이는 저자 터 뒤의 궤짝 위에 앉았다가 일어나 나온다. 언제나 속으론 반가우나, 제 꼴 보이기가 싫은 생각이 앞을 서서 그 반가운 기색을 터놓고 표시를 못 하는 완식이지마는, 오늘은 더구나 낯 서투른 아이가 끼어 있으니, 그만 말문이 막혀 버렸다.

"애가 누군지 알겠니?"

규상이가 웃으며 영길이를 가리키니까 완식이는 그제야 알아본 듯이, 영길이를 힐끗 또 한번 거듭 떠보고는 외면을 한다.

"얜, 널 보러 일부러 왔단다!"

하며 규상이가 사화를 붙이려니까, 영길이가 뒤따라 어색한 웃음을 띠우며,

"저번엔 안됐다. 않았대지? 곧 좀 와 볼껄……."

하고 제법 점잖게 인사를 하였다.

"뭘! 지난 일을……."

완식이는 이렇게 동무를 따라 찾아준 것도 마음에 좋은데 그 솔직한 말이 마음에 들어서 금시로 풀어졌다.

"애, 사과부터 먹구 보자."

원체 군것질도 잘하지마는, 먹성 좋은 영길이는, 사과 목판으로 달려들어 두 손에 잡히는 대로 한 움큼 들고 나서며,

"이리들 오너라, 먹자."

하고 저의 집 들어가듯이 가게 터 뒤로 성큼성큼 들어가서 평상에다 놓고 앉는다.

"애, 손쓰는구나."

아이들은 우우 따라 들어왔다.

그러나 영길이만이 사과를 들고 껍질을 쓱쓱 문질러서 어쩍어쩍 먹을 뿐이요, 다른 아이들은 손도 대지 않았다. 세 아이가 다 같이 틀렸다가 겨우 사화하고 난 끝이니 한 턱 낸다고 덥석 덤벼들기가 서먹하였던 것이다. 그러나 영길이가,

"왜들 안 먹니? 그래도 덜 풀렸구나?"

하고 심술을 내니까, 그제야 규상이부터 노염이 풀렸다는 표시로 하나

를 들었다.

"애, 완식아, 주인도 먹어야 한다. 내 한 턱 낸다. 참 그런데 너 학교 언제부터 가냐? 내 넣어 주마……."

먹으랴, 떠벌리랴, 영길이는 매우 부산하다. 완식이는 사과에는 손을 안 대었으나, 학교 넣어 주마는 말에는 곧이들리지는 않으면서도 빙긋이 웃는다.

"우리 아버지가 후원회 회장은 아니지마는 교장 선생님하구 친하니까, 돈 조금 내두 된다. 염려 말어, 어서 먹자."

어떻게 이렇게 마음이 내켰는지, 내킨 김에 활수 좋은 소리를 하느라고, 턱없는 허풍을 치는지도 모르지만, 어쨌든 듣기에 시원하다. 아까, 완식이의 사정을 규상이에게 들을 때도,

"우리 아버지한테 얘기해서 넣어 줄까?"

하고 큰 소리를 쳤지마는, 사실 영길이 아버지가 저번에 학교의 증축이 끝나고 낙성식을 할 때 감사장을 받은 것을 보아도 영길이 말이 허풍이 아닌 것 같기는 하다.

"그래 너 아버지 말씀이면 될 거라!"

규상이가 이런 소리를 하는 것을 들으니, 완식이도 이제는 그럴싸하여 눈이 번해졌다. 그러나 전에 싸울 뻔했던 것은 고사하고, 이번 학기를 지내고 들어가도 괜찮은 것을, 친하지도 않고 속도 모르는 이 애에게 부탁하기가 싫어서,

"난 지금 안 들어가두 좋아!"

하고 도리질을 하였다.

"이까짓 가게나 보고, 동무두 없이 놀면 무슨 재미냐? 학교는 공부하기 싫어두 재미있더라. 가만있어, 넣어 줄게."

영길이는 남은 먹거나 말거나, 앉은 자리에서 사과를 둘씩이나 후딱 먹었다.

봉수와 완식이까지도, 그 너름새 바람에 하나씩 먹으며 한참 지껄대고 놀다가, 늦은 가을 해가 뉘엿뉘엿 넘어가는 것을 바라보며 세 아이는 일어섰다. 호젓한 동네는 휘 하고 휩쓸어가는 저녁 바람에 한층 더 쓸쓸하였지마는, 아이들은 기분이 좋았다. 불뚝심지요, 괘달머리적은 영길이지마는, 습습하고 마음이 내키면 이해를 가리지 않고 앞장을 서는 그 성질이, 아이들의 마음을 느긋하게 하여 주었다. 그렇게 밉둥을 부리던 영길이는 어디로 가고 누구에게나 친절하고 믿음직해 보이는 영길이가 되었다.

"내 아버지께 여쭈어 보고 또 오마. 잘 있거라!"

"응, 잘 가거라."

완식이는 못마땅하던 영길이와 친해져서 새 동무가 또 하나 생긴 것이 기쁠 뿐 아니라, 컴컴하던 마음에는 등불이 환히 켜진 것 같았다.

"너 어머닌 안 계시냐? 요사이 채석장에도 안 오시나 보던데."

침침한 굴을 뒤에 두고 저물어 가는 산비탈에 혼자 멀거니 섰는 완식이의 호젓한 모양을 돌려다 보며, 봉수는 다시 발을 멈추고 물었다. 그러나 당자는 말하기가 싫어서 싱그레 웃을 뿐이다. 아마 누이는 여전히 신문을 팔러 나갔을 것이요 모친은 공장 같은 데도 다니게 된 모양 같다.

"너 정말, 우리 집에 좀 놀러오렴. 아무도 없다. 누나밖에. 너 어머니두 오시지 않었니."

규상이는 작별 인사 대신에 이러한 당부를 하였으나 완식이는 여전히 빙긋이 웃기만 한다. 원체 저 할 말 이외에는 말수도 적은 아이지마는, 역시 "나 같은 게 너의 집에를 어떻게 가랴!" 하는 말 대신에 웃는 것 같았다. 그것은 자기를 낮추어서 감히 얼러 볼 수 없다는 비굴한 생각보다도, 우리 집은 너희 집만큼 잘 살게 되기 전에는 안 가련다 하는 자존심이 앞서기 때문이었다.

규상이 떼가 이만큼 내려오려니까, 완식이 어머니가 부리나케 오는 것과 마주쳤다. 벌써 알아본 완식이 모친은 반가운 웃음을 띄우고 다가오며

"너희들 왔었구나! 잘들 있었니?"

하고 소리를 친다. 아이들의 등을 두다려 주는 듯한 목소리다.

"안녕합쇼? 어디 갔다 오십니까?"

하고 아이들은 일제히 모자를 벗는다.

"응!"

하고 완식이 어머니는 웃기만 하고 멈칫하고 서는 것을 보니, 까맣게 걸었던 그 얼굴이 어느 틈에 벗겨져서 그러니 부유스름하고, 회색 치마에 흰 무명 적삼을 깨끗이 입은 양이 딴 사람이 된 것 같다. 검정 고무신을 신은 발에는 하얀 버선도 신었다. 흙 몸뚱이 맨발에 운동화짝을 끈 것만 보던 눈에는 그것도 신기해 보였다.

"너 누구냐?"

완식이 모친은 차음 보는 영길이를 눈여겨보며 묻는다.

"동무예요. 채석장에서 공 차다가 완식이를 쓰러뜨려 주던."

영길이는 아무 말도 없이 모자를 벗고 꾸뻑하였다.

"응, 이렇게들 찾아 주어 고맙다, 잘들 가거라."

완식이 어머니는 아이들의 인사를 받으며 총총히 헤어져 언덕길을 올라갔다. 영길이는 뒤를 힐끗 돌아보며 싱글 웃는다. 완식이 어머니까지도 저를 실쭉해하는 눈치가 없는 것이 좋았다. 그때 채석장에서 그렇게 헤어진 뒤에 아주 모르고 지냈다면 그만이겠지마는, 동무들이 찾아다니는데, 저만 모른 척하고 지내는 것이 언제나 마음에 걸렸는데, 오늘 이렇게 그 모자를 좋은 낯으로 만나고 난 것이 무슨 큰 인사나 치른 것 같고 빚을 갚은 것 같아서 마음이 거뜬하고 유쾌하였다.

제8장

규상이의 소원

규상이의 소원

가을이 차차 짙어 가니, 어슬녘에 먼지바람이 휙 불 때마다, 마당 구석에 선 오동나무 잎이 금시로 우수수 떨어질듯이 버스럭거리는 소리조차 쓸쓸하다. 마루 끝에 혼자 시름없이 앉았는 규상이도 마음이 호젓해지고 넓은 집 안이 한층 더 적적하다. 부엌에서 누나와 명순이가 저녁상을 차리느라고 떼그럭거리고 가다가다 소곤대는 소리가 흘러나오기에 사람 사는 집 같은 기척이 나지, 그나마 없으면 양관 편에서는 쥐 죽은 듯이 또드락 소리 하나 안 나고 여름과도 달라서 가을철에 들어서는, 낮에도 무서울 지경이다. 저녁을 해치우고 방에 들어가 책상 앞에 앉으면, 빈집 같아서 밖에 나기기들을 싫어한다. 건넌방 할머니는 이질은 낫어도 노인의 병 끝이라, 얼른 추스르고 나설 수가 없어서 이때껏 오시지를 않고, 어머니는 이 달이 만삭이라, 양관에 누운 채 요사이는

133

끼니때 부엌에도 아니 나오게 되었다.

　더구나 아이는 언제 나올지 모르는데, 살림을 어린 년 하나에게만 쓸어맡기고 지낸 지도 벌써 달포나 되니, 당장 급한 것이 식모를 구하는 것이나, 서울에 일가붙이라곤 별로 없으니 건넌방 마님 대신으로 들어설 만한 마땅한 사람이 없다. 남의 집 살던 사람도 하다못해 떡 장사 광주리장사라도 나서는 지금 세상에 식모를 구하기도 힘들지마는, 안주인은 있으나 없으나 한 이 집안 살림을 떠맡기려면 남의 사람은 도저히 믿을 수가 없어 싫은 것이다. 해산이야 산파가 와서 받기로 되었고, 해산구완할 사람은 못 얻으면 병원에 가서 낳아도 좋겠지마는, 그렇게 되면 양관마저 비고, 아이들이 학교에 간 뒤에는, 어린 명순이 혼자서 이 큰 집을 지켜야 될 거니, 큰 걱정이다. 건넌방 할머니의 딸을 잠깐만 데려오자는 말도 났으나, 어린 것이 둘이나 달린 살림하는 사람을 데려온댔자 별수 없고, 더구나 앓고 난 어머니더러 밥 지어 먹고 있으라 하고 나올 형편도 못 되니 그것도 단념하여 버렸다. 부친이 회사에서 이리저리 물색을 하여 보아도 해산구완이라는 것을 꺼리는 데다가, 믿을 만하고 달린 것 없는 늘그막한 과부댁이나 소박데기만 찾는 어려운 조건이 붙으니 구하기가 더 어렵다.

　저번에는 과부댁이면 좋겠다는 말에, 규상이 선뜻,

　"그럼 우리, 저 방공굴 아이 어머니 갖다 두죠. 싹싹하구 얌전하구 좋아요."

하고 열심히 주장하여 보았으나, 부친은,

　"싹싹하구 얌전한지 언제 지내 봤니?"

하고 코웃음을 쳐 버렸다. 첫째 그런 뜨내기는 믿을 수 없는 것이요 커다란 자식이 둘씩이나 달렸으니 그걸 무얼로 먹여 살리겠느냐는 말이다. 어머니는 물론 대꾸도 아니하였다, 이 계모는 그 여자가 돌아간 어머니 비슷하다는 규상이 말을 들을 때부터 완식이 어머니를 좋게 생각도 않았지마는, 저번에 운동화 때문에 다녀갈 적에 문간에서 지나는 결에 잠깐 보고 그런 사람을 왜 드나들게 하느냐고 좋지 않아 하였던 것이다. 더구나 굴속에서 사는 사람이라 하여 꺼림칙해 하는 것이었다.

"누나, 밤이 되면 무서워 죽겠구 한데, 저 아랫방들은 비워 둬 뭘 하는 거요? 완식이네 같은 사람이나 빌려 주면 적적하지 않고 좀 좋겠수."

부엌일을 우선 끝내고 부친이 들어오기를 기다리느라고, 마루로 나와서 나란히 앉는 누이더러, 규상이는 불쑥 이런 말을 걸었다.

"글쎄, 완식이네가 아니라두 누굴 세를 줘두 좋겠건만, 집안이 더러워진다구 싫다시는걸……"

"완식이네야 어린애가 있나, 단 세 식군데. 그 굴집에 가 보구려. 아주 조촐하다우."

완식이는 오늘 영길이가 학교에 넣어 주마고 큰소리치던 것을 생각하면, 제가 먼저 사귄 아이를 제 손으로 아무 것도 못해 준 것이 안되어서 혼자 곰곰 생각하던 판이다.

"참 그때 잠깐 봐두 사람은 깨끗하구 참하드라만……"

누이도 그랬으면 좋겠다는 생각이다.

"우리 동무 앤 저 아버지 졸라서 학교에두 넣게 해 준다는데! 방 하나쯤……"

규상이는 영길이 말대로 학교 일이 꼭 될 줄로만 믿는 것이오 그렇게 되기를 바라는 것이지마는, 제 동생 제붙이를 남의 신세만 지게 하는 것처럼 면목 없고 실쭉한 것이오 경쟁심이 들고 좋은 동무를 차차 빼앗기는 것 같은 서운한 생각과 시기까지 나는 것이었다. 영길이는 창규한테도 완식이한테도 두 번씩이나 선심을 쓰고 좋은 일을 하는데 멀거니 바라보고만 있다는 것은 분하기도 한 일이었다.

(2)

부친이 들어오고 저녁상이 안방에 벌어지니까, 모친도 규영이를 데리고 양관에서 들어왔다. 인제는 배가 축 처지고 몸이 더 무거워 하는 양이 아이들 눈에도 해산날이 며칠 안 남은 것 같다.

"아 그 자국두 틀렸으면야, 어머니나 오시라는 수밖에 없죠"

그 자국이란 것은 회사에서 믿을 만한 사원의 장모를 진권하마 하였는데, 그 아들이 세상이 이렇기로 아무려면 어머니를 남의 집 식모로 들여보내겠느냐고 뒤틀어서, 못 오게 되었다는 말을, 지금 영감에게 들은 것이다.

"그러기루 어머니는 어떻게 오실 수 있누!"

친정어머닌들 혼잣손에 학교 다니는 아이들과 늙은 영감을 내버려 두고 나오는 수도 없다. 마님이 와 있자면 처갓집 식구가 다 끌어 와서 법석을 할 테니 그것도 싫었다.

"그럼 병원으루 들어가서 낳는 수밖에! 산파 말은 해산날이 닷새쯤밖에 안 남았다는데요"

"그랬으면 좋지만, 이놈은 어쩌고?"

부친은 규영이를 치어다본다. 명순이가 병원에를 따라가서 시중도 들고 규영이도 보아 주고 하면 되겠지마는, 그러자면 집은 쇠를 채우고 다녀야 하겠으니, 더구나 이런 무시무시한 세상에 안 될 일이다.

"내 참 돈 가지고두 이렇게 사람이 귀할라구!"

하며 젊은 어머니는 한탄이다.

"사람이 귀한가? 식모를 구하자면 사람야 있지만, 지금 세상에 어린 애들만 있는 집에 함부루 들였다가 어떤 지경을 당할지 모르니까 그렇지!"

잠깐 말이 뜸하여지고 먹기에들 분주하였다. 규상이도 늦은 저녁이라 잠자코 쩌덕거리다가,

"어머니, 그러기에, 굴집 여편네로 불러다 쓰자니까!"

하고 저번에는 부친에게 핀잔을 맞았으니까, 이번에는 계모를 졸랐다.

"쓸데없는 소리 말아, 그야말로 인기근(人饑饉)이 났던? 오죽하면 방공굴에서 살까! 그런 악에 바친 사람을 데려다가 이 살림을 맡기면 고양이 반찬 가게 되는 셈이지!"

계모는 입가에는 웃음을 지어 보이면서도 날카롭게 쏘아 주었다. 느슨한 듯한 성미요, 아무리 못마땅해도 뼈지게 뿌리치는 어머니는 아니었으나, 이 일만은 딱 잘라 말을 한다.

"어머니 그런 말씀 마세요, 우리두 집 없더면 방공굴에 갔을지 누가

알아요? 왜 남만 넘보세요……"

규상이가 맞서는 눈치에, 진숙이는 웃는 낯으로,

"애가 왜 이래? 무엇 때문인지 제 동무들이 그 애한테는 퍽 끔찍이들 하나 봐요. 그래서 애두 덩달아 이러는 게죠."

하고 어린 동생을 나무라며, 계모의 좋지 않은 기색을 풀어 주려 하였다. 부친은 딸의 그 눈치에 껄껄 웃고만 만다. 이런 경우에 부친은 젊은 어머니의 편을 들 수도 없고, 어린 자식을 나무랄 수도 없는 거북한 틈바구니에 낀 것 같아서 웃기만 하는 것이었다.

"어머니 내 말 좀 들어 보세요. 그이가 저번에 운동화를 가지고 오지 않았어요? 그건 내가 그 애한테 갖다 주려구 가지구 갔던 건데, 그 애 성미가 남의 것을 받지 않는 줄 알구 슬그머니 놓구 온 것을 내가 잊어버리구 온 줄 알구 가져오지 않았어요? 그걸 보세요……"

"앤 왜 이렇게 열고가 나서 이래? 어서 밥이나 먹으렴!"

또 누이가 나무란다.

"그래 어째? ……"

젊은 어머니도 조금은 얼굴빛이 좋아지며 대꾸를 하여 주었다.

"그러니까 말예요. 지금 우리 집에서 사람을 두려두……. 사람은 수두룩이 있어두, 남의 눈을 기우구 무슨 짓을 할까 봐 못 믿겠으니까 못 두는 것 아녜요? 하지만 방공굴에 살아두 잊어버리고 간 물건은 임자를 찾아서 갖다 주는 사람이면 정직한 사람 아닙니까? 그이는 원체 오랫동안 만주서 초등학교 선생님 노릇을 했대요……"

규상이는 인제는 먹을 만큼 먹었다는 듯이 저를 놓고, 가만히 앉아서 까만 눈만 깜박거린다. 어떻게 해서든지 완식이네에게 저 아랫방을 빌려주도록 이 자리에서 아버지의 승낙을 받고야 말겠다고 단단히 벼르고 덤비는 판이다.

"그래, 네 생각에는 어떡했으면 좋겠다는 것이냐?"

어머니가 입을 닥치고 있으니까 아버지가 대신 대거리를 한다. 규상이는 부친이 이때까지 잠자코 들어주었을 뿐 아니라 순탄한 얼굴빛으로 대꾸를 하여 주는 데에 새 기운이 나고 눈이 환해지며, 또 열심히 완식이의 칭찬을 한다. 칭찬이라기보다도, 동무 자랑이었다.

"그 애는 동무가 무얼 사 주어두 안 받아 먹구, 고무신을 갖다 줘두, 아버지가 갖다 주래셔서 갖다 주지 않았습니까? 그걸 입때까지 신지두 않아요. 왜 안 신는 줄 아세요? 신고 나서기가 부끄럽다는 거예요! 얻어 신고 뻐기고 다니기가 싫은데, 더구나 나 보는 데서 신기 부끄럽다는 거예요! 얼마나 똑똑하구 깨끗한 아이입니까? ……"

"흠!"

어린애가 하도 열심이니까, 부친도 아들의 비위를 맞추느라고 감탄하는 소리를 한다. 어머니는 좀 못마땅하였으나 모른 척하고 아이 시중을 들어 주며 먹을 것만 먹고 있다.

"아버지! 그러니 그런 어머니길래 그런 아들이 났겠죠? 그리고 아들을 보면 그 어머니가 어떤 인가 알겠죠?"

하고 규상이는 부친에게 대든다. 부친은 그렇다고 할 수도 없고, 그렇지 않다고 할 수도 없어서,

"허허허……. 너 그럴 듯이 따진다마는, 그 산수(算數)가 맞았는지 안

맞았는지 어디 두구 보자."

하며 껄껄 웃어 버렸다.

"아버지 우리 동무가 이제 그 애 학교에 넣어 주게 됐어요. 아버지 아시죠? 증축 낙성식에 표창장 받은 이영길이 아버지."

부친이 반대도 안 하고 웃는 데에 규상이는 신바람이 나서 오늘 지낸 이야기를 하였다.

"이영길이란 아이 아버지! 나두 알지만, 그 아이두 기특하구나! 어쨌든 잘 됐구나!"

더구나 학교에서 배가 고파 쓰러진 아이를 위하여 영길이가 쌀을 가져다주고 돈을 모아 주기로 되었다는 말에 부친은 매우 감탄하였다. 그리고 완식이의 입학금을 보조해 주자고 규상이가 조르던 것을 생각하고는 부친도 좀 안되었다는 생각이 들었다.

(3)

"그런데 걔 어머니는 요샌 공장에 다니나 봐요. 아까 보니까, 옷두 깨끗이 입구 벤또갑을 들구 오던데, 얼굴두 그 까맣던 빛이 하얘졌겠죠."

규상이는 또 무슨 생각을 하다가 새판으로 말을 꺼냈다.

그러니 어쩌란 말이냐고 묻는 듯이 부친은 눈을 치떠 본다.

"그만큼 조촐한 사람이면 집에 둬두 좋겠죠? 밤이면 무서워 죽겠는데, 탕탕 비어 둔 아랫방에 와 있으랬으면 좋지 않아요?"

"세를 들리자면야 그보다 더 조촐하구 믿을 만한 사람이 없겠니마는, 대관절 애가 뭣 땜에 이렇게 그 사람들한테 열심인지 알 수가 없구나?"

하고 부친은 또 껄껄 웃으니까,

"그 여편네가 어머니 닮았다니까 그런 게지."

하고 계모가 쓴웃음을 친다.

"아니랍니다. 어떻게 우연히 만난 애가 맘엔 들어두 구원해 줄 수 없는데, 그 애 땜에 쌈까지 했던 딴 애가 도와준다니까 샘이 나구 경쟁심이 생겨서 더 열고가 나 그러는 거죠……."

하고 진숙이가 옆에서 변명을 해 주었다.

"샘은 무슨 샘! 집에선 사람을 구하지 못해 애를 쓰구, 밤이면 누나부터 이불을 얼굴까지 뒤집어쓰면서! ……어쨌든 아랫방을 두 개나 비워 두느니 어려운 사람 구제 삼아 하나쯤 빌려주면, 우리두 좋고 저희두 좋지 않은가 봐."

규상이는 기가 나서 영길이와 경쟁 속이 아니라고 변명을 하였다.

"네 말이 옳다마는 사람을 둬 보렴. 성이 가신 일이 많구, 지금은 얌전해 보이고 좋던 사람이 의가 상하고 싫어지고 하느니라."

"성이 가실 게 뭐 있어요. 어머니는 공장 다니구, 걔 누나는 가게 보구 있구, 완식이는 학교 다니구 하면 낮엔 조용하구 밤엔 적적지 않아 좋지 않아요?"

"그두 그렇지만 방이나 거저 준다면 몰라두, 공장에 다니구 돈 맛 아는 사람이, 더구나 학교 교원 노릇하던 사람인데 식모 노릇하러 오지는 않을 거라."

아버지가 잠자코 계시니까, 어머니는 한참 만에 좀 당기는 듯도 하고, 반대하는 듯도 한 소리를 한다.

"글쎄……. 아이들 종없는 말을 믿을 순 없지만, 규상이가 하두 그러니, 급할 때 잠깐 불러 쓰는 한이 있드라도, 한번 불러다가 선이나 봐 둘까? 하지만 식구가 셋이나 된다니, 아무래도 데려 들일 수는 없어."

계모도 당장 아쉬운 생각으로이겠지마는, 처음보다 좀 누그러지는 말눈치에, 부친도 차차 마음이 돌아서는 기색이었다. 규상이는 귀가 번해지며,

"그럼, 내일이라두 그 어머니 불러 올까요?"

하고 따지니까, 부친은,

"가만있어! 좀 더 생각해 보구. 정 그렇게 무섭다면 너희는 아랫방으로 내려 가구 우리가 들어오마꾸나."

하며 딴 소리를 꺼냈다. 규상이는 그랬다가는 이때까지 한 말이 헛공론이라고 눈이 똥그래졌다. 그러나 어머니부터 겨울에나 여름에나 그 넓고 좋은 양관을 버리고, 식구는 느는데 좁은 안방으로 들어오려 하지도 않겠지마는, 부친도 응접실과 서재를 겨울에라도 쓰니까, 그럴 리는 없을 듯도 하다

제 9 장

친절한 영길 아버지

친절한 영길 아버지

(1)

이튿날 하학 후에 영길이는 규상이를 끌고 완식이의 굴집을 찾아 네 활개를 치며 달겨들었다. 완식이는 넘어가는 햇발을 멍하니 바라보며, 가게를 지키고 앉았다가 반색을 한다.

"얘, 완식아 우리 아버지가 널 좀 보자신다. 학교 넣어 주시겠대."

하고 득의양양하여, 어서 나서라고 서둘러댔다. 그렇게 애절을 하던 학교에를 들어가게 된다는 희소식에 완식이가 좋아하기보다도, 영길이는 동무 일에 어른까지 움직여서 좋은 일을 한다는 것이 큰 자랑이나 되는 듯싶어 어깻바람이 나는 모양이다.

"글쎄……어머니나 누나나 집 볼 사람이 와야지. 하지만……."

새 기운이 나면서도, 신중한 완식이는, 같이 서두르지도 않았다.

"어른이 부르시는데 어쨌든 어서 가 봬야지 않니."

규상이는 규상이답게 옆에서 권한다.

"그두 그렇지만."

철이 나자마자 아버지를 여읜 완식이는 낯 서투른 어른 앞에 나가기를 싫어하는 편이지마는, "어른이 부르시는데!"라는 말을 듣고서는 그렇다고 생각하였다.

"그럼, 너 내일 아침에 일찌감치 오렴? 어차피 오늘은 늦었으니까, 내일 오면 그 길루 바로 학교에 데리고 가 줍시사구 하지."

해는 져 가는데 공장에서 돌아올 완식이 어머니를 언제까지 기다리고 있기가 지루하였다. 어서 집에 가서 군것도 먹고 놀고 싶었다.

"그래, 너 학교 가기 전에 갈게. 고맙다. 이 먼 데를 또 와 주어서."

영길이가 알려 주는 대로 제 집을 잘 배운 뒤에, 완식이는 영길이의 손을 잡고 진심으로 고맙다는 인사를 몇 차례나 뇌었다.

"자, 그럼 내일 학교에서 만나자."

규상이도 무슨 큰 짐이나 벗어 놓은 듯이 시원하고 좋아서 헤어져 갔다.

공장에서 돌아온 어머니는,

"허어, 어쩌면 아이들이 그처럼 무던하냐!"

하고 눈물까지 핑 돌았다. 아이들이니까, 정말로 그처럼 무던한지 모르겠으나, 학교에를 들여보낸다는 것보다도 그 맘씨가 고맙고 남의 정이 그리워서 더 반갑고 좋았다.

이튿날 완식이는 공장에 가는 어머니를 따라, 영길이 아버지를 가 뵈려 어둑하니 나섰다. 학교에 가게 되면 입히려고 아껴 두었던 국방색

짧은 바지에 노타이를 입히고 나서 규상이가 보내 준, 그 말썽 많던 운동화를 꺼내 놓으니까, 역시 완식이는 도리질을 치며,

"에이, 그 운동화는……."

하고 눈살을 찌푸린다. 남에게 얻은 새 신발을 삐죽이 신고 나서기가 어린 마음에 쑥스럽기도 하였지마는, 돈이 없어 구걸을 하여 학교에 넣어 달라면서 옷치레를 남과 같이 하고 가는 것이 도리어 부끄럽다는 생각이 앞을 서는 것이었다.

"그럼 어떠냐. 거지도 손 볼 날이 있다고, 선뵈려 가는데 뒤축 물러난 고무신짝을 끌구서야 어찌 가니. 주제가 더러운 건 저편에 실례야."

완식이는 더 군소리 없이 잠자코 새 운동화를 신고 나섰다. 어찌되었든 새 옷에 새 신을 신고 나니, 설빔이나 한 것처럼 서먹서먹하면서도 몸이 날 듯하고 마음이 좋았다. 앞서 가던 아들의 깨끗한 뒷모양을 바라보는 어머니의 마음은 한층 더 좋았다.

이번에 들어간 피복 공장도, 문전에 붙은 모집광고를 보고 지나는 길에 허허실실로 들어가 본 것이 당장에 선뜻 되고 완식이 학교도 누가 청한 것도 아닌데 이렇게 저절로 된 것을 보면, 이제는 운이 터지나 싶어 그런대로 사는 재미가 나는 것을 은근히 깨달았다.

완식이 어머니는 큰길을 나서면 바로 거기인 공장에 들려서 손에 든 벤또를 맡겨 놓고 나왔다. 금방 들어간 어머니가 어느 틈에 후딱 나오는 잽싼 몸매라든지 오늘은 더구나 생기가 돌고 환해진 얼굴빛을 보고 완식이도 유쾌하였다. 어머니를 자랑하고 싶은 마음이 떠오르고, 이런 어머니한테 자라는 것이 행복하다는 생각이 들기도 하였다.

학교 뒷문께를 대중 치고, 영길이가 일러 주던 대로 집은 금시로 찾았다. 가을 아침 햇발을 추녀 끝에 받은 조용한 골목 안에서는 하얀 생목 고의적삼을 입은 노인이 꾸부정한 등을 이리로 대고 비질을 하다가, 인기척에 손을 멈추고 허리를 펴며 돌아선다. 완식이 어머니는 이이가 영길이 아버지신가 보다는 짐작에 주춤하며 얼굴빛이 긴장하여지면서도 웃는 낯으로 꾸벅 인사를 하고 말을 붙이자니까 노인도 벌써 알아차리고 말을 먼저 건다.

"너 영길이를 찾아오는 게로구나?"

"네, 영길이 있어요?"

정신을 바짝 차린 완식이는 모자를 벗으며 차렷 자세로 서서 서슴지 않고 대답을 하였다.

"글쎄 이눔이 그저 자지나 않는지, 어서 들어가 봐라."

이때까지 완식이 모자를 이리저리 뚫어지게 바라보던 노인의 얼굴에서도 거북한 빛이 풀리며, 화색이 도는 듯싶었다. 이 사품에 완식이 모친은 한걸음 다가서며 공손히 허리를 굽혀 비로소 초대면의 인사를 하였다.

"이 애가 제 자식 놈이올시다. 이렇게 이른 아침에 찾어와 뵈어 죄송합니다만 댁 도련님이 하두 이눔한테 고맙게 굴어 줘서 인사 말씀이라도 여쭈려구……."

"아, 알았습니다……."

노인은 말을 채 다 듣지도 않고 빗자루 위에 얹어 놓았던 왼손을 들어 내저으며,

"학교 못 가는 게 보기에 딱해서 그러는 것쯤 당연한 일이지 고맙구 말구가 있겠나요만은, 살림이 매우 괴로우신가 본데, 그래 넣어만 놓으면 끝까지 마치게는 하실 수 있겠죠? 요샌 하두 가져오라는 것두 많구, 드는 것두 많으니까! 그저 눈만 뜨면 큰 거나 작은 거나 책보 싸기도 전에 손을 벌리고 덤비니, 이건 학교 보내는 게 아니라 일수 부으러 가는 셈이니 말씀요. 허허허."

육십은 훨씬 넘었을 듯한 캥캥한 주름살 진 얼굴이, 퍽 깔끔하고 어려운 노인인가 보다 하였더니, 의외로 소탈하고 친절한 데에, 완식이 어머니는 한층 더 존경하는 마음이 들었다. 하기야 그러한 친절한 인품이기에 어린애가 조르는 대로, 보지도 못한 남의 집 아이를 위해서 수고를 아끼지 않는 것이지마는.

"그야 만 원, 이만 원 목돈을 내 놓기야 어렵습니다만 저희 모녀가 벌면 이거 하나야 죽물을 흘려 넣어 가며라두 성취를 시키지 않구 어떡하겠습니까."

하나마나 한 말이지만, 완식이 어머니는 열심히 이렇게 대답을 하였다.

"그야 그러시겠죠. 하여튼 이따 내 학교에 가서 말을 잘해 보겠지만, 꼭 되리라구 장담은 할 수 없습니다. 자리 하나 비집구두 근년(近年) 같아서는 알성급제(謁聖及第)하기보다 어려우니까 온……."

하며 노인은 혀를 찬다.

"네 잘 압니다. 원체 무리한 청이니까요. 안 돼두 하는 수 없죠. 다만 말씀만이라두 고마워서 인사루 찾아뵈러 온 것입니다."

회사 시간도 있고, 식전 결에 와서 잔소리만 늘어놓고 있기가 미안해서, 인사는 치렀으니, 그만 물러가려니까,

"그래 지금은 뭘 하시는지? 아, 한때는 채석장 일까지 하셨드라죠?"

하고 영길이 아버지는 말을 새판으로 꺼낸다.

"네, 부끄러운 말씀입니다만……. 그래두 요새는 피복 공장에를 들어가게 돼서 몸두 훨씬 편하구, 살기두 차차 나아갑니다."

"그래 피복 공장에선 뭘 하슈?"

늙은이의 버릇으로 잘게도 캔다.

"아직, 단추 구멍 뚫는 거죠마는."

완식 어머니는 잠깐 낯이 붉어졌다.

"허어, 만주 계실 때는 학교 선생님이셨다면서, 단추 구멍을 뚫다나, 공부하신 재주가 아깝지 않소"

하고 펄쩍 뛰는 품이, 어머니마저 학교에 넣어 주마는 말눈치 같다. 아들에게 들어 알았겠지마는, 만주에서 선생 노릇을 했던 것까지 귀담아 들어 두었다가 아까워 해 주는 것이 완식 어머니에게는 부친의 자애스러운 말이나 듣는 듯이 반갑고 감사하였다.

"웬 교원은 무슨 변변한 교원이나 된답시구요! 아무 일이나 벌이가 되구 나라에 도움이 되면 그만입죠. ……그럼 힘 좀 써 주세요 바쁘신데 염치없는 말씀입니다만……."

하고 완식이 어머니는 뒤따라 작별 인사를 하려니까, 안에서 영길이가 뛰어나오며,

"완식아 너 왔구나."

하고 소리를 치다가, 옆에 서있는 완식 어머니에게

"안녕합쇼"

하고 굽실한다. 어른들이 수작하는 동안에 동무를 불러낼 수도 없어 가만히 섰던 완식이는 빙긋 웃어만 보였으나, 영길이는 어서 들어가서 같이 밥을 먹고 학교에 가자고, 완식이의 어깨를 껴안으며 수선을 피운다.

"난 싫어."

완식이는 질겁을 하여 꽁무니를 뺀다. 계집아이처럼 잔부끄러움을 타는 완식이도 아니지마는, 남의 집에서 음식을 먹는 것이 대기(大忌)였다. 더구나 자기 집보다 잘 사는 집, 부잣집에 가는 것이 싫었다.

"그래, 들어가서 아침이나 함께 먹구 먼저 학교에 가서들 놀구 있으렴."

영감님도 이렇게 일렀다.

"아녜요 틈나시는 대로 학교 가셔서 말씀만 해 놓으시면 이 애는 학교서 오라는 때에 보내죠"

영길이 아버지도 그럴 듯이 더 붙들지는 않았다.

(2)

요사이 부쩍 짧아진 늦은 가을 해가 학교 너머 뒷산으로 홀깍 져 버리고 나니, 이쪽 언덕 밑의 굴집들 문 앞은, 저녁 바람에 우수수 쓸리는 가랑잎 소리와 함께 금시로 짙어진 땅거미에 싸여 을씨년스럽기 짝이 없다. 참외 수박이 없어진 뒤로는, 가게 꼴이 더 쓸쓸하고 초라하다고, 무, 배추, 파, 마늘, 붉은 고추들, 김칫거리에 물에 잰 두부 옹배기까지 늘어놓아서 어떻게 반찬 가게 꼴이 잡혀가지마는 그래도 한두 채 남은 두부가 쉬거나, 열무 단이 시들기 전에 다 팔아 버리려고 어둑어둑해 가는 거리를 내다보며, 완식이는 가게 터를 지키고 앉았다.

"오오, 여기로구나, 그래 어머니는 공장에서 나오셨니?"

무심코 앉았던 완식이는 용수철이 튕기듯이 질겁을 해 발딱 일어섰다. 회색 두루마기에 중절모를 쓰고 단장을 짚은, 아침에 만나 뵌 영감님이 어느 틈에 와서 앞에 딱 섰다.

영길 아버지가 여기에를 오시다니, 완식이는 너무나 황송하여 말도 없이 굴로 뛰어갔다. 굴 안에 한 발자국 들어서면 바로 거기가 부엌이다. 부뚜막 위에 달린 납작 석유통이 반짝이는 밑에서 밥을 푸던 완식 어머니는, 밥사발과 주걱을 솥에 쓸어 넣고 뚜껑을 덮을 새도 없이 뛰어나온다.

"에구머니! 여길 어떻게 아시구 이렇게 찾아 오셨에요?"

어디로 모셔 드릴 데도 없어 뒤에서 걸상 조각을 내다가 앉히느라고, 미처 영감님의 말대꾸를 할 사이도 없었다.

"집의 놈에게 듣고 보니, 바로 저 아래가 내 친구의 집이라 짐작이 나서기에, 그 친구두 오래간만에 만나 볼 겸 잠깐 들렀소이다마는, 하여간 이 애는 내일 학교에 보내 보슈."

평상에 걸어앉은 영감님은 단장 위에 두 손을 포개 얹어 놓고 차근차근히 말을 꺼내는 것이었다.

"아아 고맙습니다. 이렇게 알려 주러 몸소 와 주시기까지 하시구……. 그래 학교에선 넣어 주신대요?"

완식 어머니는 전에 시아버지 앞에나 선 듯이 손길을 맞잡고 섰다.

"네, 내일 교무주임한테 데리구 가 보슈. 좀 어렵다군 하나 될 거외다. 하지만 한 오천 원 가량은 마련해 놓아야 될 텐데……."

자기 일같이 걱정해 주는 그 말씨가 또한 고맙다. 그러나 좀 부조를 하여 달라고 하면 곧 내놓을 듯한 그 낌새에 완식이 어머니는 도리어 놀라서,

"그만쯤이면 준비해 됐으니까 걱정 없습니다."

하고, 그런 걱정까지 시키는 것이 더욱 미안하다는 듯이 선뜻 대답을 하였다.

"아, 그럼 됐구먼! 그만큼 신신당부를 해 두었으니, 되긴 될 것입니다. 그는 그렇다 하고 겨울은 닥쳐오는데 이런 데서 어떻게 지내신다는 말씀요"

영감님은 일어서는 길에, 등잔불이 반짝이는 콧구멍만한 굴 안을 돌려다 보며 정경이 딱하다는 듯이 입을 쩍쩍 다신다.

"작년이라구 지냈겠습니까. 그럭저럭 지내겠죠마는……날씨가 갑자기 선선해졌는데, 온 좀 들어앉으시지두 못 하시구……."

완식 어머니는 자기 일로 애를 써 찾아와 준 노인을 뜨뜻한 데 들여앉히지도 못하고 거리에서 돌려보내는 것이 더욱 죄송스러웠다.

"아니, 뭐 아직 추울 지경두 아니지만, 바루 저기, 저 이층집엘 좀 들러서 다리나 쉬어 가자는데……."

하고 노인은 지팡이를 끌고 한 발자국 떼어 놓다가 다시 돌쳐서더니,

"저 집에는 식구는 단출한데 방은 많건마는……바깥채에 부리는 사람 두는 방두 있겠다……어디 그런 거 하나 빌렸으면 좋으련만……"

하고 규상이 집 편을 바라보며 혼잣소리를 한다. 다리를 쉬어 간다는 이층 양옥집이라는 말에, 완식이 모자는 벌써 알아차렸지마는, 그런 크나큰 집에는 가당치도 않다고 생각하였다.

"그렇게 걱정을 해 주시니 말씀만 들어도 고맙습니다. ……뭘요, 이 겨울만 그럭저럭 나면 어떻게 셋방 칸이라두 마련이 되겠지요"

남의 집 신세 지고 눈치코치 보아 가며 사느니보다는 움 속이라도 제 터전이 편하고, 또 어엿이 셋돈 내고 드는 집이 좋았다.

"그야 그렇지만 추위가 닥쳐 와 보슈."

영감님은 인사 대신에 이런 소리를 남겨 놓고, 완식이 모자의 배웅을 받으며 신작로로 나섰다.

"참 세상에두 무던한 어른두 봤다! 우리를 언제 알았다구 집 걱정까지 해 주신다던?"

완식 어머니도 완식이 못지않게 감격하고, 그 노인을 존경하는 마음이 가득 찼다.

제10장

규상이의 소원대로

규상이의 소원대로

(1)

"……그래, 댁내 다 무고하시구. ……아마 내상(부인)께선 만삭이실 텐데 해복(해산)하시고 득남이나 하셨소?"

영감님의 인사는 길고 자상하였다.

"글쎄올시다. 오늘낼 오늘낼하는데, 살림꾼 마님은 딸의 집에 가서 앓아누셨구, 입원을 시키자니 어린 것은 달리구, 어쩔지 망설이구만 있는데요……."

규상이 아버지는 거의 존장이나 되는 영길이 아버지를 테이블을 격하여 상좌로 앉히고 담배를 권하여 가며 인사를 주고받는 것이었다.

"그거 난처하시겠군, 산고(産故 = 해산시킬 일)는 임박해 오고 살림꾼 마나님이 안 계시고 보니 아이들만 데리고 어려우시겠지. 무엇하면 우리 마누라를 좀 보내 드릴까?"

영감님은 또 걱정이 하나 는 듯이 의논성스럽게 자청해서 이런 소리를 한다.

"온 천만의 말씀 마십쇼. 사람을 여기저기 부탁해서 구하는 중이니까 어떻게 되겠죠."

이 영감님의 마님에게 해산구완을 부탁하자니, 참 망령의 소리도 듣는다는 듯이 주인은 펄쩍 뛰었다.

"사람이야 구하면 얼마든지 있겠지만, 해방 이후의 피난민은 들끓어 오구, 요샛 사람이란 어디 믿을 수가 있어야지."

영감님은 눈살을 찌푸려 보인다.

"그러게 말씀입니다. 어디 믿을 만한 사람 있거던 하나 진권해 주십쇼그려."

"글쎄……."

하고 영감님은 담배만 뻑뻑 빨며, 해산구완하고 살림 맡아보아 주기에 알맞은 아낙네를, 자기가 아는 범위 내에서 고르느라고 머릿속을 뒤저어 보기에 급하였다.

"해산야 입원을 하시거나 산파를 불러대면 우선 해결될 일이지마는, 아이들만 집을 맡겨 둘 수 없을 거요. 산파가 온대야 또 역시 해산구완 시중이란 그리 쉬운 일이 아니니까……."

"그러게 말씀입니다."

"어디 생각해 보고, 우리 마누라한테도 물어보아 드리지요."

영길 아버지는 이런 부탁을 받으러 온 것은 아니니까, 그 이야기는 그만큼 해 두고, 마음먹고 온 학교 후원회 문제로 말을 돌리려다가, 별

안간 무릎을 탁 치며,

"아, 참, 마침 좋은 사람이 있구면!"

하고 무슨 묘책이나 생겼다는 듯이 눈이 환해진다.

"네? 어디 마땅한 사람이 있에요?"

주인도 반색을 한다. 사람을 하도 구하다가 지친 판이거니와, 이 영감님이 진권하는 사람이면야 빈틈없다는 생각이 있기 때문이다.

"아니 저편에서 그런 일을 하려들지 모르지만, 사람인즉슨 똑 알맞은데……."

"그럼 우선 물어봐 줍쇼그려."

이 영감님이 사람인즉 똑 알맞다 하니, 규상이 아버지는 말만 듣고도 탐탁하였다.

"바루 요 위 사는 과부댁인데, 식구도 단촐하구……. 다 자란 남매만 데리고 공장엘 다니는데, 지금두 가 보구 오는 길이지만, 첫대 사람이 조촐하구 얌전하구, 그야 나두 오늘 아침에 첨 만난 사람이니까, 사람이란 두구 지내봐야 아는 거지만……."

"누군데요?"

주인은 아들아이가 늘 말하던 굴집에서 산다는 그 여자가 아닌가 하는 짐작이 들며, 의외이기도 하여 입가에 웃음이 저절로 떠올랐다.

"아마, 댁의 규상이도 동무라지……. 그 과수댁의 외아들이 공부를 못 하구 가엾은 사정이라구 집의 놈이 조르기에, 학교를 넣어 줄까 하여 오늘 만나 보았는데, 피난민으로 만주서 나왔다나, 굴속에서 사는 걸 보니 사정이 딱하기에, 그러지 않아도 댁같이 방은 많고 아이들만 데리고 쓸쓸히 지내시는 터니 그런 사람 구제 삼아 방 하나 못 빌려 주실까, 부탁이라도 해 보려던 차인데……."

조금 전까지도 그런 궁리를 하여 왔는데, 이 주인의 말을 듣고 어째 미처 그런 생각이 못 났던구 하며, 영감님은 되레 자기가 얼뜨다고 생각하였다. 그러나 저편이 아직 나이 젊을 뿐 아니라, 교원 노릇하던 사람인데 식모나 안잠자기 같은 자국에 올 것 같지 않고 또 공장에 가서 자유롭게 돈벌이하는 사람이 그 어려운 해산구완을 할까 싶어 가당치도 않다고 생각하였던 것이다.

"네, 그래요? 대강 짐작은 합니다만, 글쎄 오라면 올까요?"

그러지 않아도 규상이가 데려오자고 열심으로 주장을 하는 바람에 얼마쯤 마음에 있었던 터이나, 아내가 마다고 하여 흐지부지 내버려 두었던 것인데, 이 영감님의 말을 듣고 보니 또다시 마음이 솔깃하여지는 것이었다.

"어디 지금이라두 내 다시 가서 물어봐다 드리리다. 밤중에라두 서두르게 되면 큰일 아니겠나요."
하고 영감님은 일어선다.

"산파 말이 예정일이 모레라니까, 내일이라두 좋습니다. 앉으세요."

주인은 서두는 영감님의 급한 성미를 아는지라, 웃으며 일어나 만류를 한다.

"아니, 온 길에 아주 아퀴를 지어야지, 내일 또 와두 좋지만……."

주인도 더 말리지는 않았다.

"어둔데 이거 수고하십니다그려. 만일 온다면 내일로라도 와 달라구

해 줍쇼."

규상이 아버지는 아내가 또 무어라고 할지 모르나, 이것저것 가릴 때
도 아니요, 어쩐지 마음에 키어서 데려오는 것이 좋겠다고 결심을 하였
다.

무슨 담판이 그리 오래 걸리는지, 지척인데 영감님이 간 지 반 시간
이 넘도록 돌아오지를 않는다. 그동안에 규상이 아버지는 간신히 아내
의 승낙을 받아 놓았다. 아내는 역시 완식이 어머니가 전실댁과 비슷하
다는 점과 규상이 남매가 좋아하는 눈치에, 꺼림칙하여 좀체 찬성을 안
하려는 기색이었으나, 일이 하도 절박한데, 회장 영감(영길 아버지)이
나서서 진권한다니 믿음직한 생각도 들어서 응낙하고 만 것이다.

(2)

영길 아버지는 굴집에 간 지 거진 한 시간이나 되어서 완식 어머니
를 데리고까지 왔다. 반딧불 같은 납작통의 등잔 밑에서만 사는 완식이
어머니는, 백 촉 전등이 대낮같이 밝은 으리으리한 양관 응접실에 들어
서니, 첫째 눈이 부시고, 자기 주제에 안 올 데를 온 것 같아서 얼굴이
화끈 달았다.

"이리 앉으세요."

규상이 아버지는 의자를 닦아 놓고 몇 번이나 권하였으나, 완식이 어
머니는 황송해서 앉지를 못하고 영감님 옆에 다소곳이 섰다.

"실상은 혼잣몸 같으시면 모르겠으나, 아이를 둘씩이나 데리구서는 오실 염의도 없구, 또 남의집살이를 하고 싶지도 않다시는 걸, 간신히 해산구완만 해 주마는 승낙을 받구 모셔왔는데, 어디 주객이 다시 사위 껏 의논을 해 보슈."

영감님이 이렇게 소개를 하였다.

"첨 뵙는 처지에, 자기 사정이 급한 것만 생각하구 너무 무리한 청을 해서 미안합니다만, 집만은 널찍하구 넉넉지는 못하나, 식량 걱정은 없으니까 그런 걱정은 마시구 와 주시면 대단 영광이 되겠습니다. 아이들 치다꺼리며 고생야 되시겠지마는, 아주 살림을 맡아 주신다면 자제 교육비로 공장에서 받으시는 것만큼은 따로 드리겠습니다."

방 주고 세 식구 먹이는 외에, 그만큼 월급을 주마는 조건이니 이런 자리가 또 어디 있을까마는 완식이 어머니는 덮어 놓구 도리질을 하는 완식이의 의사나 감정을 무시하는 수는 없었다. 완식이는 영감님 앞에서도 "난 싫여, 어머니 그만 두세요." 하고 말리는 것이었다. 어머니가 밥에미나 남의 집 드난꾼으로 나서는 것이 어린 마음에도 창피하고, 부잣집 동무에게 얹히어 살기가 싫다는 그 자존심을 살리고도 싶은 것이다. 실상은 어머니 자신도, 굶으나 먹으나 자유로이 제 손으로 벌어 연명이라도 해 나가면, 부잣집에 가서 배불리 기름지게 먹는 것보다 마음 편하니 좋고, 체면 깎이지 않아 좋다는 자존심이 없지 않은 것이었다.

"댁 일을 도와드린다기보다두 제 사정을 보아 구원해 주는 셈이요, 너무나 과분한 말씀에 무어라 여쭈어야 좋을지……. 그러나 그렇게 할 사정이 못 되기에, 그저 해산구완만은 해 드릴까 하는데요. ……그나마 해산구완인들 해 본 경험이 없어서 비위에 맞으시게 해 드릴지 염려입니다만, 급하신 사정이라신데 댁 도련님이 집의 놈에게 그처럼 고맙게 굴어 주신 걸 생각하기루 가만있을 수 없고, 모처럼 권해 주신 이 선생님 말씀을 거역할 수 없어서 전후 생각 없이 이렇게 나선 것입니다."

완식이 어머니는 눈을 내리깔고, 차근차근히 대꾸를 하였다. 말을 하면서 두어 번 치어다보는 완식 어머니의 눈길과 마주칠 제, 규상이 아버지는 그 어질어 보이는 맑은 눈매가, 딴은 전실댁과 비슷하다는 생각이 떠오르며, 그래서 규상이가 저의 어머니와 비슷하다고 했나 보다고 속으로 코웃음을 쳤다. 그것은 어쨌든 그 눈으로만 보아도 마음이 올곧고 깨끗할 것 같아서 살림을 맡겨도 속이지 않을 것이요 믿음직할 것이라고 생각하였다.

"와 주실 사정이 못 되신다니, 아이들이 달려서 어렵다시는 것 외에 또 무슨 사정이 있는가요?"

참하니 얌전한 인품을 뜯어볼수록 마음에 들기도 하거니와, 저편이 마다고 할수록 이편에서는 더 붙들고 싶었다.

"별 사정이야 있겠습니까마는……."

완식이 어머니는 터놓고 말하기가 거북한 듯이 우물쭈물한다.

"댁에도 남매를 데리고 계시다니, 한 또래의 아이들이 손이 맞어 피차에 거북한 경우도 없지 않겠다는 염려두 하실지 모르지만, 우리집 아이들이래야 별 태는 없습니다. 그런데 사시는 것이 보기에 딱하다고 방을 빌려 드리자고 아이들이 조르다시피 하는 터이니까, 동무가 생겨서 좋다고 법석들일 거외다."

규상이 부친은 이런 소리까지 하고 껄껄 웃는다.

"아무렴! 댁 아이들야 어른인데."

하고 영길이 부친이 한마디 곁들였다.

"그런 것두 생각 안 할 수 없습니다마는, 저는 이렇게 아쉬워하실 때 도와 드리구 싶어두, 아이놈이 아예 마다는군요."

완식이 어머니의 실토로 차츰 말부리를 따려니까, 옆에서 영감님이 뒤를 받아서,

"참 아까두 그 애가 도리질을 하드구마는. 그 애 말두 옳긴 옳아. 어머니가 식모 노릇해서 버는 돈으로 공부하기가 미안하다는 생각이라든지, 어엿하게 돈을 내는 셋방이면 몰라두 공짜로 남의 집 방을 얻어 들기가 싫다는 말이 옳은 말야. 사내자식이 그만치 끌끌해야지. 그 애두 지각이 들어 점잖구, 장래성이 있거든! 아들 잘 두셨소 허나 공장에 가서 품팔이하기나 이 댁에 와서 살림 봐 드리구 월급 받기나 다를 것 없지 않을까요."

하고 달랜다. 그러나 듣기 싫은 잔말은 아니었다.

"그깟 놈. 잘 둘 것두 없습니다마는, 남을 어려워하구, 남의 것을 무서워하는 그 마음보는 쓸 만하달까요 허지만 없는 집 자식이 되지 않은 자존심만 잔뜩 들어앉아서 어린 것이지만 기르기가 힘이 들어요……."

완식 어머니는 아들을 나무라면서도 은근히 자랑하는 듯도 하고, 또 호락호락히 못 오는 변명을 하는 것이었다.

"잘 알았습니다. 아무리 그 어린아이라 해도 그 끌끌한 성품이라든지, 그 자존심을 꺾어서야 되겠습니까. 그러면 이렇게 하시는 게 어때

요? 방세두 내시구, 밥두 딴 솥에 지어 자시기루 하고 월급을 드리기루
하죠⋯⋯."

규상이 부친은 웃지도 않고 사무적으로 이런 조건을 붙이었다.

"그거 좋구면."

영감님도 찬성이다.

"아침 여섯 시에 출근하서서 저녁 여섯 시까지 열두 시간 근무는 좀
과하지만 8시간 외의 특근비는 배를 드리죠. 하하하."
하고 규상이 부친은 웃음의 소리를 하였다. 그러나 실없는 빈말이 아니
라, 실상 그렇게 할 작정이다.

"온 그렇게까지 말씀하시는 걸 제가 무에 도도한 몸이라고 못 한다
구야 하겠습니까. 허나 자식들과두 좀 더 의논해 보고 내일 또 오겠습
니다. 두 분 다 처음 뵙는 처진데 이렇게 고맙게 생각해 주시니 뭐라고
말씀드려야 좋을지 모르겠습니다."

완식이 어머니는 이런 각박한 세상에 이렇게 인정 있는 사람도 있는
가 생각하면, 세상이 밝아진 것 같고, 살 재미를 오래간만에 깨닫는 듯
도 싶다.

"좋습니다. 어린 아이들의 의사나 기분을 존중하셔야죠."

규상이 아버지가 고개를 끄덕끄덕하니까, 영감님도 웃으며,

"아이들 중심으로 어른 독재가 아니신 걸 보니, 댁에선 민주주의를
단단히 실천하십니다그려."
하고 말을 받는다.

"암 그렇죠, 워낙은 가정에서부터 민주 정신이 실천돼야죠. 어린이의

의사와 인격을 존중하는 것이 민주주의 실천의 첫걸음이라구 나는 생각합니다만, 터놓고 말씀하면 아이들이 남의 집에 얹혀서 끼아치고 있다, 밥을 얻어먹고 있다는, 이런 생각이 들어서는 안 될 거니까, 할 만큼 일을 하고 정당한 보수를 받는 것이라는 것을 잘 알아듣도록 일러주세요. 나두 그런 생각으루 대접해 드릴 것이니까요."

규상이 아버지는 열심으로 이렇게 들려주었다.

규상이 집에서 나오는 완식이 어머니의 마음은 명랑하고 발씨도 가벼웠다.

(3)

이튿날 아침에 해가 퍼지기도 전에 규상이는 세수를 하는 길로 완식이 집으로 뛰어갔다.

완식이 집에서는 누이가 벌써 가게를 내고, 두부와 콩나물들 반찬거리를 팔기에 분주하고 완식이는 저 구석에 돌아서서 세수를 하고 있다.

"완식아, 너 오늘 학교에서 오랬다지?"

"됐다! 염려 없어. 밥 먹구 우리 집 오너라."

"그래 가지."

다른 때 같으면 규상이 집에를 선뜻 간다고 하지 않겠지만, 모친이 학교에 데리고 가는 길에 들려서, 규상이 부친을 출근하기 전에 만나야 한다고 어젯밤에 한 말이 있었기 때문이다. 그러자 완식이 어머니가 밥

상을 보다 말고, 밖을 내다보며, 인사 대신 웃어 보이는 얼굴과 마주쳤다.

"아주머니, 어떡하세요? 오늘 우리 집으루 떠나오시죠?"

하고 규상이도 마주 웃으며 그리로 달려들었다. 아주머니 하고 부르기는 처음이다. 완식 어머니도 그렇게 불러 주는 것이 좋았다. 어젯밤에 부친에게 전후사연을 다 듣고 싱글벙글하며 남매가 손뼉이라도 치고 만세를 부를 뻔하였던 규상이는, 눈을 뜨자마자 그 하회가 궁금하여 이렇게 뛰어온 것이다.

"글쎄에, 어떡했으면 좋을구? 규상이 하라는 대루 하지."

완식 어머니는 웃음의 소리처럼 대꾸를 하고 상긋해 보인다. 가을 아침의 하늘과 같이 맑고 명쾌한 얼굴이었다.

"그럼 됐다! 됐어! 완식아 이제 우리 한 방에서 공부하자. 누나는 건넌방으루 쫓구 안방 차지를 하자."

규상이는 벌써 이런 속다짐이 있었는지, 수건질을 하며 옆에 와 서 있는 완식이의 어깨를 잡아 흔드는 것이었다.

"괜히, 그랬다가 난 반찬 솜씨두 없는데, 사흘두 못가서 그 식모 못쓰겠다고 내쫓게 되면 어쩔라구."

또 이런 웃음의 소리를 하는 완식 어머니는 아이들과 함께 웃었다.

"뭐예요? 식모요?"

하고 규상이는 눈이 똥그래지며 놀라는 소리를 하다가,

"우리 이모 아주머니나 모셔 가듯이 모셔 가는데! ……몰라요 난 갑니다. 이삿짐은 오늘이 토요일이니까, 우리가 이따 와서 날라 드릴게요.”

하고 달아나 버린다.

“나 같은 이모는 뭣에나 쓰자구! ……온, 선머슴이 그런 걱정까지 해 주구…….”

완식 어머니는 너무나 기특하고 좋아서 또 싱글 웃으며, 아이들을 돌아다보며,

“모두들 너무 고맙게 굴어 주니까, 뭣에 홀린 것 같구나.”

하고, 운수가 너무 좋으면 도리어 신수에 좋지 않다는 미신의 말이 머리에 떠오르며, 더욱 조심하여야 하겠다고 생각하는 것이었다.

규상이 집에 가서는 규상 아버지가 양관의 침실로 데리고 가서 부인과 대면을 시켜 주었다. 완식 어머니는 규상이의 새 어머니가 입이 무겁고 하얗게 잘생긴 부드러운 젊은이라고 생각하였다. 또 규상이 어머니는 처음 보는 이 가정부(家政婦 = 살림꾼)를, 얼굴은 까칫하고 까무잡잡하니 힘든 일은 잘 할 것 같지 않아 보이나, 딴은 학교 선생님이었다니만치 교양 있고 사근사근한 부인이라고 인상이 좋았다. 그래서 첫인사에,

“그런 궂은일을 어떻게 하시나요. 학교는 어딜 나오셨에요?”

하고 물었다. 나온 학교를 알자는 것이 아니라, 당신이 공부한 분이요, 그런 천한 일을 할 사람이 아닌 것을 나도 잘 안다는, 위로와 약간의 경의를 섞은 인사였다.

“뭘 산에 가 돌을 다 깼을라구요. ……학교 나온 지는 벌써 옛날입니다만. 숙명이죠.”

"네! 숙명이세요?"

하고, 규상 어머니는 반색을 하며,

"전 사십일 횐데, 언제 나오셨에요?"

"아아, 동창이시구면, 난 삼십삼 회. 학교 나온 지두 벌써 열여섯 해 됐군요."

완식 어머니는, 살림에 변동이 있을 때마다, 죽은 남편의 생각이 나는 것이지마는, 학교 이야기가 나오니까, 더욱이 남편이 그리워지는 것이었다. 학교를 나오자 완식이 아버지와 결혼을 하고 한 일 년 동안 부부끼리 교원 생활을 하다가 이듬해 완식이 누이를 낳고서는 삼 년이나 들어앉았었던 그 시절이 일생에 제일 재미있었던 것이었다.

어쨌든 우연히도 동창인 것을 서로 알고, 규상 어머니가 선배 대접을 하여 주는 말눈치에, 완식 어머니는 이 집주인 아씨에 대한 걱정도 훨씬 덜려서 마음이 적이 놓였다.

규상이 집에서 나오는 길로 학교에 가니, 간단히라도 시험을 보이겠다 하여, 완식이는 학교에 남겨 두고 그 틈을 타서 공장으로 뛰어갔다. 오늘부터 그만두겠다는 말을 하여 놓고 다시 학교에를 와 본즉, 완식이는 벌써 국어와 셈의 시험을 마치고 교무실 한 구석에 우두커니 서 있다.

"어떻게 됐니?"

"뭐 아주 쉬워요 선생님도 보시구 웃으시던데……"

완식이는 희색이 만면하여 소곤소곤한다.

교무주임에게로 가니까, 아까보다는 좋은 낯으로,

"성적이 좋다기에 특별히 받기로 했습니다. 그럼 곧 수속을 하시죠."
하고, 입학원서 용지를 내 주며 절차를 일러 주는 것이었다. 학교에서 나오는 모자의 얼굴은 환하였다.

"애, 영감님이 안 계실지 모르지만, 영길이 집부터 가자."

학교 뒷문에서 가까운 곳이지마는, 거기에서부터 인사를 가야 하였다. 영감님이 안 계셔서 영길이 어머님한테만 인사를 하고 나와서는, 동회에 가서 기류계 초본을 내기에 시간이 좀 걸렸다. 이것은 입학 수속에 필요한 것이다. 집에 가서 입학 원서를 쓰고 자기의 도장을 찍으면서, 완식 어머니는 죽은 남편의 생각이 또 났다. 아버지 없는 아이들이 가엾었다.

다시 학교에 가서 수속을 마치고 나오자니, 오정이 불며 학생들이 왁자하고 파해 나왔다.

완식이는 어머니를 따라 매점에 들려서, 교과서며 공책과 연필을 사는 길에 모자표까지 샀다.

"어머니, 아주 예서 붙일까요?"

"아무려나 하렴."

완식이는 모자를 벗어서 휘장을 달아서 썼다. 교표 없는 모자를 쓰는 것이 늘 허전한 것 같고 싫더니 이제는 모자가 버젓이 제 자리에 얹힌 것 같았다.

그럭저럭 삼사십 분은 지체를 하였겠지마는, 집 앞길에 들어서며 멀리 바라보니, 가게 터전에 제일히 가방을 멘 아이들이 오글오글한다. 정말 이삿짐을 날라 주려는지 규상이가 끌고 벌써 온 모양이다. 규상이,

영길이, 봉수, 또 하나 모르는 아이도 끼어 있다. 모를 아이는 배가 고파서 쓰러졌던 박창규였다.

"야아, 만세!"

앞선 완식이가 책을 끼고 가까이 오자, 아이들의 입에서는 만세 소리가 쳐들었던 두 팔을 내려서 찰싹찰싹 손바닥들을 쳤다. 입학이 된 것이 반가워서 떠들어대는 것이지마는, 무엇보다도 모자에 붙인 노란 교표가 햇빛에 반짝이는 것이 먼저 눈에 띠어 한층 더 법석들을 하는 것이었다.

"자아, 인젠 이삿짐이다!"

영길이가 앞장을 서 서두니까, 온 아침 내 완식이 누이가 꾸려서 내놓은, 올망졸망한 짐을 제각기 하나씩 들고 나선다.

"그만들 둬요, 무슨 짐이 많다구 이 수선들야."

완식 어머니는 웃으며 말리었으나, 짐을 든 아이들은 벌써 열을 지어 나섰다.

작품 해설

김재용(원광대)

냉전적 반공주의 하에서의
민족적 통합 및 민주주의에 열망

- 새로 발굴된 「채석장의 소년」을 중심으로 -

1. 염상섭의 아동문학, 「채석장의 소년」

해방 직후부터 줄곧 남북의 통합과 민주주의를 염원하였던 염상섭은 남북에 국가가 각각 들어서는 상황을 맞이하면서 강한 위기의식을 느꼈다. 분단 직전에 연재를 시작하였다가 분단 후에 연재를 마친 장편소설 「효풍」은 이러한 위기의식의 산물이었다. 하지만 염상섭의 이러한 염원에도 불구하고 현실은 더욱 바람직하지 않은 길로 나아갔다. 1949년 중반 국가보안법이 만들어지고 보도연맹이 만들어지면서 그의 우려는 가장 극단적인 행태로 드러났다. 남북이 냉전적 반공주의와 냉전적 반제국주의로 극단화되면서 통합은 한층 멀어졌고 전쟁의 기운마저 감돌 정도로 남북의 상황은 악화되었다. 이러한 억압적인 분위기가 가속화되면서 민주주의 역시 극단적으로 억압되었다.

이 암울한 상황을 면바로 받아치기에는 너무나 객관적 정황이 좋지 않았다. 특히 조선문학가동맹이 확대 개편될 때 잠시 적을 두었던 그로서는 더욱 불리한 것이었다. 적을 두었다는 이유로 보도연맹에 가담할 수밖에 없었던 염상섭으로는 정면으로 당대의 현실을 다루는 것 자체가 쉽지 않았다. 생명이 왔다 갔다 하는 판에 현실 비판적인 작품을 쓴다는 것은 참으로 어려운 일임에 틀림없었다. 장편소설 「효풍」을 썼다는 이유로 미군정에 구금된 적이 있을 정도로 해방 후의 현실을 비판적으로 그렸던 그이지만 1949년 중반 이후의 상황은 전혀 달랐던 것이다. 그렇기에 세태를 우회적으로 비판하는 작품을 몇 편 창작하는 것 정도가 그가 할 수 있는 전부였다. 그렇기에 흔히 세태소설이라고 비판 받는 이 시기의 몇 편의 단편소설들은 이러한 억압적인 상황을 고려하지 않는 한 제대로 평가할 수 없다.

물론 염상섭은 이대로 주저앉아 관망만 할 수는 없었다. 염상섭은 자신이 할 수 있는 방법을 찾고자 했다. 냉전적 반공주의의 극단적 정황 하에서 그가 창안한 것은 속물화된 세태를 정밀하게 그려내는 방법이었다. 속물화된 현실을 두드러지게 그려냄으로써 그 자체를 보여주고자 했던 것이다. 하지만 이것은 현실의 수동적 반영에 머무를 수밖에 없음을 염상섭 자신도 깨닫게 되었다. 이런 재현의 벽 앞에서 우회적으로 생각해낸 것이 아동문학이었다는 사실은 참으로 역설적이었다. 한 번도 아동문학을 한 적 없었던 염상섭이 갑자기 아동문학을 잡지에 연재하게 된 것이다. 최근에 필자가 발굴한 염상섭의 문제작은 바로 이러한 시대의 산물이었다. 그동안 이 작품에 대해서는 연보에서 불확실한 언급이 나올 정도였다. 연재분에 대해서도 1~2회 정도에 한에서 언급이 있었고[1] 단행본으로 나온 것에 대해서는 전혀 알려진 바 없었다. 이 작품은 아동잡지인 ≪소학생≫에 1950년 1월부터 연재되다가 전쟁으로 중단되었다가 전쟁 중인 1952년에 단행본으로 출판되었다.

이 작품은 두 가지 점에서 주목된다. 하나는 아동문학이란 형식이다. 다른 하나는 만주국 불러오기이다. 현재까지의 연구에 의하면 염상섭은 아동문학을 창작한 바가 없다. 평생 아동문학을 창작한 바 없는 그가 아동문학을 썼다는 것은 단순히 경제적 요인으로만 설명할 수 없다. 경제적 이유라면 굳이 아동문학을 택할 필요가 없었을 것이고 다른 여러 가지 방식이 있었을 것이다. 그런데 아동문학을 창작하였다는 것은 이데올로기적 곤혹스러움을 피하려고 했던 것이 아닌가 한다. 아동문학의 형식을 통해서 염상섭은 과연 무엇을 추구하려고 했는가? 이 점은 민주주의와 관련하여 매우 중요한 문제이기에 집중적으로 살펴보아야 한다. 흥미롭게도 이 작품은 만주국에서 고국으로 돌아온 전재민 가정이 정착하는 과정을 다룬 이른바 귀환서사 계열이다. 염상섭 자신이 1936년 말에 만주국으로 건너갔다가 해방 직후에 귀국하여 이때에 여러 편의 만주국과 관련된 작품을 창작하였다. 그렇기 때문에 염상섭은 만주국 불러들여 무엇을 보여 주려고 했는가 하는 점도 이 작품의 이해하는 데 있어 결정적 중요성을 갖는다. 이 두 점을 중심으로 이 작품을 살펴보면 냉전적 반공주의의 극단의 시대에 염상섭의 작가 의식을 어느 정도 해명할 수 있을 것이다.

---

1) 김종균, 『염상섭연구』, 고려대학교출판부, 1974.

2. 만주국 불러오기와 민족적 통합에의 열망

1) 만주국에서의 염상섭

1936년 염상섭이 왜 조선을 떠나 만주국으로 이주했느냐에 대해서는 의견이 구구하다. 필자는 염상섭이 내선일체를 감지하고 이를 피한 것으로 보고 있다. 미나미가 1936년 8월 5일 총독에 취임하면서 식민지 지배 상황은 이전과는 매우 달라졌다. 흔히 미나미가 내세운 내선일체의 구호가 조선의 민중들에게 영향을 미치기 시작한 것은 1937년 7월 7일 중일전쟁 이후, 혹은 1938년 10월 무한 삼진 함락 이후 동아신질서가 제창될 무렵으로 본다. 하지만 실제적으로 미나미의 내선일체 지배는 취임 직후부터 강한 영향을 미쳤다. 그 대표적인 것이 '동아일보 일장기 말살 사건'이다. 동아일보가 1936년 8월 23일자에, 이 신문 계열의 잡지 신동아가 9월호에 일장기가 말살된 손기정 선수의 사진을 싣자 조선총독부가 대대적인 검거를 하여 결국 동아일보와 신동아의 폐간을 명하였다. 이후 동아일보는 다시 복간되었지만 신동아는 그 호로 종간을 맞이하였다. 이전에도 일장기를 지우는 일이 있어도 큰 탈이 없었지만 이 무렵부터는 일체 타협을 하지 않았던 것이다. 미나미가 내세운 내선일체가 시작된 것이다. 조선총독부의 정책이 바뀌어 가고 있음을 지식인들은 알아차리기 시작하였는데 신문 기자 생활을 오래 하면서 이런 민족문제에 아주 예민하게 반응해오던 염상섭은 이 사태의 파장을 어렵지 않게 알아차렸다. 물론 내선일체가 싫다고 만주국으로 건너가는 것은 결코 쉽지 않았다. 생계를 영위할 수 있는 일이 있어야 하는 것이다. 그런 점에서 만주국의 조선어 신문에서 일하는 것은 최소한의 근거지를 마련할 수 있는 일임에 틀림없었다. 이 과정에서 진학문 등 지인의 도움을 받았을 것이다.

여기서 놓치지 말아야 할 것은 염상섭의 만주국 인식이다. 염상섭은 만주국의 통치 이데올로기 오족협화가 내선일체와는 어느 정도 간극을 갖고 있음을 이해했던 것으로 보인다. 일본 제국의 통치 이념이 조선에서는 내선일체, 대만에서는 내대일체이지만 만주국에서는 오족협화였다. 내선일체에서는 내가 일본인이 아니고 조선인이다라고 할 수 있는 여지가 거의 없지만 만주국에서는 내가 일본인이 아니고 조선인이다라고 할 수 공간이 매우 컸다. 그렇기 때문에 염상섭은 조선을 떠나 만주국으로 이주하였던 것이다. 신문기자의 경험을 살려 언론인으로 활동하면 기본적인 생활이 되었기 때문에 큰 문제가 없었을 것으로 판단했을 것이다.

이러한 염상섭이 1939년 말에 만선일보를 그만두는 일이 벌어졌다.[2] 염상섭이 만선일보를 그만둔 데에는 일본 관동군의 간섭이 결정적이라고 생각한다. 만주국 성립 자체가 일본 관동군의 책략에서 나온 것이기 때문에 만주국 성립 이후 관동군의 통치는 지속적으로 이루어졌다. 초기에 관동군은 영국, 미국 등의 눈치를 보느라 마음대로 만주국을 지배할 수 없었다. 독립국으로 만든 것도 사실 이러한 견제로 인한 것이라고 할 수 있다. 초기에는 영미가 주도하는 국제연맹의 눈치를 보았고 나중에 국제연맹을 탈퇴한 후에도 사정은 크게 나아지지 않았기에 만주국을 마음대로 조종할 수 없었다. 독립국의 틀에 구애를 받지 않을 수 없었던 것이다. 하지만 무한 삼진 함락 이후 실질적으로 중국을 지배하게 되었다고 믿은 고노에 내각이 동아신질서를 외칠 무렵인 1939년에 이르면 상황은 매우

---

2) 염상섭의 자필 이력에는 1939년 9월 무렵 만선일보를 그만두고 안동에 있는 대동항건설사업선전에 종사했다고 되어 있으나 만선일보 지상에는 염상섭이 1940년 1월 6일까지 근무한 것으로 되어 있고 1월 7일부터 후임자인 홍양명이 맡은 것으로 되어 있다.

달라졌다. 이제는 영미의 눈치를 보는 것이 아니라 영미와 맞서려고 하였다. 허울로 뒤집어썼던 오족협화마저도 던져 버리고 조선인에게 내선일체를 요구하였다. 실제로 관동군은 만선일보에 사람을 파견하여 사사건건 간섭하였고 염상섭은 이를 견디지 못해 만선일보를 그만둔 것이다

  안동으로 가서 일상의 생활인으로 살고 있던 염상섭이지만 내선일체에 맞서 오족협화를 내세우면서 조선인의 자립을 도모하였다. 그 대표적인 사례가 「북원」 서문이다. 염상섭 자신은 창작을 하지 않지만 만주에서 작가활동을 하던 조선인 작가에게 큰 애정을 갖고 있었다. 그렇기에 재만조선인 소설가들의 작품을 모은 『싹트는 대지』에 서문도 쓰면서 큰 기대를 보내기도 하였다. 오족협화가 형해화되고 내선일체가 만주국에서도 강요되는 마당에 그가 할 수 있는 일 중의 하나가 바로 후배 소설가들의 작업을 지지하면서 조선인의 존재를 알리는 것이었다. 재만조선인들이 조선어로 창작한 작품을 작품집 등으로 출판하는 것 자체가 오족협화를 활용하여 조선인의 존재감을 드러내는 일이었기에 적극 동참하였다. 그런데 일본인들은 오족협화를 무시하고 내선일체의 시각으로 조선인을 바라보았고 더 나아가서는 아예 조선인들의 존재를 무시하는 방향으로 흘러갔다. 그 대표적인 사건이 바로 1942년에 발간된 『만주국각민족창작선집』의 출판이다. 川端康成, 岸田國士, 島木健作(내지측), 山田淸三郎, 北村謙次郎 古丁(현지측)이 편한 이 책에는 재만 러시아계 작가를 비롯하여 많은 만주국 작가들이 수록되어 있는데 조선의 작가들은 들어 있지 않았다. 조선인을 오족협회의 일원으로 간주했다면 이런 식의 편집은 나오지 않았을 것이다. 내선일체의 입장에서 동등하게 보았더라도 이런 식의 구성은 나오지 않았을 것이다. 조선인을 아예 무시했던 것이다. 이 점을 염두에 두고 염상섭은 안수길의 창작집 『북원』에서 이러한 일본인들의 태도를

강하게 비판하였다.[3] 하지만 1944년에 나온 2권에도 조선인들의 작품은 한 편도 들어 있지 않았다. 이러한 일본인의 무시를 견디기 힘들었던 염상섭은 아마도 스스로 장편소설 「개동」을 썼던 것으로 보인다. 이 책을 편집하던 일본인 작가들은 염상섭이 1920년대 중반부터 결코 높이 평가하지 않았던 작가들이다. 그런 작가들이 만주국에서 와서 이런 폭력을 행사하는 것을 보아 넘기지 못하였을 것이다. 물론 이 작품의 연재에는 여러 가지 측면이 작용하였겠지만 이것이 중요한 요인이었을 것이라고 생각한다. 염상섭은 조선인들의 자립을 위하여 다양한 각도에서 노력하였기 때문에 해방 후에 당당하게 만주국을 바라볼 수 있었을 것이다.

2) 해방과 만주국의 재현

8·15 이후 만주국에 거주하던 조선 작가 중에서 가장 당당한 이가 바로 염상섭이 아닌가 한다. 유치환처럼 일제에 협력하는 시를 썼던 이들은 만주국의 붕괴에 매우 당황했을 것이고 이를 어떻게 받아들여야 할지 부심했을 것이다. 안수길은 만주국 당국에 협력을 하지는 않았지만 '북향'을 내세우면서 만주에 터전을 마련할 것이라고 결심했기에 만주국의 붕괴를 쉽게 받아들이지 못하였을 것이다. 하지만 염상섭은 당당하게 만주국의 붕괴와 조선의 독립을 받아들였을 것이다. 그 자신이 만주국으로 이주한 것 자체가 북향의식 때문이 아니라 내선일체를 피해 오족협화를 활용하고자 했던 것이기 때문이다. 만주국에서 조선인임을 외치고 싶었던 것이다. 그렇기 때문에 해방 후 신의주를 거쳐 서울에 귀향했을 때 「해방의 아들」과 같은 소설을 쓸 수 있었다.

---

3) 이러한 상황에 대한 자세한 서술은 필자의 글 「동아시아적 맥락에서 본 만주국 조선인 문학」, 이해영 리상우 편 『문명의 충격과 근대 동아시아의 전환』(경진, 2012)을 참고

「해방의 아들」은 기본적으로는 해방의 의미를 묻는 작품이다. 해방된 이후 조선인들이 어떻게 살아가고 있으며 또한 어떻게 미래를 준비해야 하는 것인가에 관한 글이다. 특히 이 작품에서 다루고 있는 몇 가지 주제는 주목할 만하다. 예컨대 남북에 진주한 소련군과 미군의 문제, 서로 앞 다투어 지도자가 되려고 하면서 민중의 살림살이는 돌보지 않고 오로지 한몫 챙기려고 하는 어지러운 현실의 문제 등을 다루는 것이 그러하다. 실제로 염상섭은 해방의 진정한 의미를 이 작품뿐만 아니라 이후의 작품에서도 반복적으로 다루고 있는데 이 작품은 그러한 것들의 편린을 보여주고 있어 흥미롭다.

이 작품의 처음에는 '카렌스키이 도움' 이야기가 나온다. '카렌스키이 도움'은 소련군 병사들이 일본인 아녀자들을 겁탈하는 것을 피하기 위하여 조선인들이나 일본인들이 집 대문에 붙인 글이다. 당시 소련 군인들은 규율이 엉망이었다. 전쟁 막바지에 군인들이 부족하여 자격이 미달되는 이들을 징집하여 대일전선에 배치하였기 때문에 삼팔선 이북에서 불미스러운 일이 많이 일어났다. 그 중의 하나가 일본인 여자들을 겁탈하는 것이었기에 조선인들은 혹시나 자신들을 일본인으로 오인하여 아녀자들을 겁탈할 것을 우려하여 집 대문에 이런 글을 써 붙였다. 이에 일본인들 또한 소련군으로부터 위험을 피하기 위하여 조선인집처럼 가장하여 이런 글을 써 붙이기도 한 것이다. 어쨌든 이런 글이 붙어 있는 것 자체는 소련군들의 행패를 증명하는 것이기 때문에 이런 풍경을 묘사하는 것 자체가 북에 진주한 소련과 소련 군인에 대한 작가의 비판에서 나온 것임을 알 수 있다.

해방의 현실에 대한 염상섭의 비판 중의 다른 하나는 모두가 높은 자리 하나를 차지하려고 하는 출세주의적 지향이다. 미소의 영향 하에서 남북이 분단될 지도 모르고 또 서민들이 생계를 꾸려 나가기 힘든 상황에서 많은 이들은 이 기회를 한몫 잡는 계기로 삼으려고 한다. 특히 염상섭은 보안대원들을 뚜렷한 예로 든다. 그렇기에 이 작품에서는 작중 주인공을 건국과 독립을 위해 장작을 패서 파는 노동일을 하는 것으로 설정한 것도 당시 출세주의적 풍조에 대한 작가의 비판이라고 할 수 있다. 작중 주인공이 "보안대에 들어가서 총대를 메고 나서야만 건국사업에 보탬이 되는 것일까. 그 소위 한자리 해보겠다는 그런 생각부터 집어 치우자는 것이요 조군은 아직 취직이 이른 것 같기도 하니 우리 맞붙들고 실지 노동을 해보는 것도 갱생 제일보라는 의미로 좋은 체험일 것 같은데"라고 하는 대목에서 작가 염상섭의 뜻을 잘 엿볼 수 있다.

이처럼 이 작품은 해방 후의 조선의 현실 특히 삼팔선 이북의 현실에 대한 비판이 그 기본축이라고 할 수 있지만 무시할 수 없을 정도의 비중을 차지하는 것은 역시 전사로서의 만주국의 재현이다. 일반적인 조선인이 아니라 만주국에서 살다가 조선으로 귀향하여 살려고 하는 조선인들의 이야기인 것이다. 안동에서 살다가 신의주로 이주한 홍규와 그 주변의 인물들이 겪는 것이 이 소설의 기본 구성이다. 만주국에서 생활하던 조선인들이 해방을 어떻게 맞이하고 있는가를 그려낸 이 소설은 아무나 쓸 수 있는 작품이 아니다. 만주국에서 조선인들의 자립을 위해서 분투한 이가 아니라면 이런 소설을 쓸 수 없는 것이다. 우선 이 작품의 주인공은 만주국에서 조선인들의 자립을 위하여 노력하던 홍규다. 홍규는 만주국 치하에서도 자신이 조선인이라는 것을 의식하면서 조선인들의 자립을 위하여 살아왔던 인물이다. 그렇기 때문에 일본인들이 조선인들을 비하하거나 무시하면 견지지 못하고 울분에 젖기도 하였다. 홍규가 양곡회사를 그만두었을 때 직장에서 타던 배급이 끊기고 '도나리쿠미'에서 배급을 받아야 했지만 시 공서의 일본인이 일본인에게는 배급표를 주지만 조선인에게 배급표를 주지 않고 가로채서 착복하였던 것을 알고서 항의하고 싸우기도 한 인물이다. "죽은 뒤에 물려줄 것이라고는 가난과 굴욕과 압박밖에 없는 신세가 무엇하자고 자식을 바라느냐고" 하면서 자식을 갖지 말자고 부인에게 말할 정도로 조선인으로서의 자립성이 강한 사람이었다. 이런 인물이기에 그동안 조선인임을 부정하고 일본인으로 행세해 온 조준식(마쓰노)을 어엿한 조선인으로 만들 수 있었던 것이다.

홍규가 조준식을 당당한 조선인으로 만드는 과정에서 흥미로운 것은 친일협력한 인물에 대한 비판이다. 만약 조준식이 그동안 만주국에서 행한 행동이 친일파나 민족반역자로 취급될 정도였다면 홍규는 이런 구명운동에 나서지도 않았을 것이라고 말한다. 조준식은 가정문제로 일본인 행세를 한 것이기 때문에 충분히 도와주어야 한다는 것이다. 실제로 조준식은 시 공서에서 홍규가 조선인 배급 문제로 이리저리 뛰어다녀 경황이 없을 때 조선 사람의 편의를 보아준 적이 있는 인물이기에 이렇게 나설 수 있다고 말할 정도이다. 아무리 이름을 일본식 이름으로 하고 일본인 행세를 해도 조선인이라는 일말의 의식이 있었기에 홍규와 같은 조선인들의 편의를 보아 주었던 것이다. 그렇기 때문에 홍규도 조준식을 구하려고 마음을 먹고 조선인민회에서 증명서를 만들어서 그를 가족의 품에 가게 해 준 것이다. 만약 그가 친일파나 민족반역자였다면 홍규는 이러한 일에 나서지도 않았을 것이다. 그런 점들을 고려할 때 작가 염상섭은 재만조선인 중에서 친일협력을 한 이들과 그렇지 않은 조선인들을 아주 분명하게 구분하고 있다는 점을 알 수 있다. 이 역시 다른 이들은 할 수 없고 염상섭처럼 만주국에서 조선인의 자립을 위하여 노력한 떳떳한 이들만이 가질 수 있는 태도이다.

염상섭이 신의주를 거쳐 서울에 도착한 후 본격적인 글을 쓸 무렵의 남북은 극단적인 분단의 위기에 놓여 있었다. 미소 공동위원회의 불발 이후 조선임시정부의 수립의 전망은 매우 어두워졌다. 특히 2차 미소공동위원회에 마지막 희망을 걸었지만 이 역시 예정된 실패였다. 신의주에 머물면서 어느 정도 짐작한 일이지만 훨씬 심각한 상태로 진행되고 있었다. 염상섭은 이러한 현실을 극복하기 위하여 남북의 협상을 지지하는 지식인의 서명에 참여하는 등 활발한 활동을 하였다. 이 시기에 쓴 그의 작품들은 주로 이 문제에 집중되었다. 만주국은 후경으로 물러났다.

단편소설 「삼팔선」, 「이합」 그리고 「재회」 등의 소설은 북에서 남으로 내려오는 귀환의 과정을 다루기는 하였지만 기본적으로는 삼팔선을 경계로 미군과 소련이 진주한 상황, 남북의 주민이 민족의 운명에는 아랑곳하지 않고 오로지 자기 잇속을 차리는 행태 등을 다루고 있는 작품들이다. 겉으로는 귀환의 서사처럼 보이지만 속으로는 더 이상 귀환의 문제가 아니고 삼팔선을 경계로 민족의 통일독립이 이루어지지 못한 해방 직후의 현실에 대한 비판인 것이다. 그렇기 때문에 이 작품에 등장하는 인물들이 하나같이 만주에서 살다가 귀환하는 인물로 설정되어 있지만 만주국은 더 이상 작중 인물과 내적 연관이 없는 것으로 그려지고 있다.

「삼팔선」은 소련군과 미군이 일본 군인들의 무장해제를 명분으로 각각 진주해서 조선을 통치하고 이에 대해서 조선인들은 뚜렷한 전망 없이 하루하루를 살아가는 기막힌 혼란의 현실을 신의주에서 서울로 귀환하는 인물을 통해 그리고 있다. 소련군과 미군이 각각 진주하여 다스리고 있어 남북 간에는 그 어떠한 교환도 이루어지지 않아 어려움을 겪게 된다. 주인공이 서울에 도착하여 농민에게 형편을 물었을 때 농민은 비료가 없어서 큰일이라고 한다. 이북의 흥남질소비료공장에서 생산되는 비료가 남으로 올 수 없기 때문에 남쪽의 농민들은 고생을 하게 된다. 어떤 면에서는 일제 하에서 이루어진 통합적인 경제마저 거덜이 난 상태라 일시적으로 더 나빠진 것이기도 하다. 일군들의 무장해제를 위해 들어온 소련군과 미군은 조선 사람들의 살림살이에는 아무런 관심이 없는 것이다. 자신들의 이익을 위해 들어왔기 때문에 그것만 신경 쓸 뿐인지 조선 사람들은 안중에도 없는 것이다. 따라서 조선 사람들은 고통을 겪게 되는데 특히 귀환하는 사람들은 더욱 그러하였다. 일제 하도 아니고 엄연히 해방이 되었는데도 조선 사람들이 우왕좌왕하면서 자신의 뜻대로 살 수 없는 현실을 개탄하고 있는 것이다. 삼팔선을 두고 북으로 남으로 이동하지만 아무런 것도 정돈되지 않아 어떤 면에서는 일제시대보다 훨씬 더 혼란스러운 것을 비판적으로 보고 있는 것이다.

이 작품에서 귀환은 그렇게 큰 의미를 가지지 못한다. 단지 귀환이라는 모티브를 통하여 혼란스러운 남북의 현실을 보여주고자 하는 것뿐이다. 해방 직후 미군과 소련군이 진주한 삼팔선 이남과 이북의 현실을 보여주려고 할 때 귀환자들의 이동만큼 더 좋은 소재는 없다고 판단했기에 이를 채용한 것뿐이다. 남쪽에서 내려가는 사람, 북쪽으로 올라가는 사람들이 교차하고 있는 곳이 바로 삼팔선이라는 것을 고려할 때 더욱 그러하다. 주인공이 만주국의 안동에서 나왔다는 사실은 거의 의미를 갖기 어려운 것이다. 이제 만주국은 염상섭의 소설에서 하나의 배경 혹은 후경으로 떨어지고 말았다.

단편소설 「이합」 역시 만주국에서 나와 처가 고향에서 터를 잡으려고 하다가 부인과 틀어져서 결국 삼팔선 이남으로 내려가는 한 교사의 이야기이다. 「삼팔선」이 소련군인과 미군이 점령한 삼팔선 이남과 이북의 무질서한 현실을 다루었다면, 이 작품은 조선인들이 앞뒤 재지 않고 한 자리 차지하겠다는 잇속 때문에 더욱 혼란해지는 해방 후의 현실을 다루었다. 주인공 김장한은 처가 고향에서 교사생활을 하는데 아내 신숙이 군부인회 부위원장을 맡으면서 사단이 생기기 시작한다. 아내는 당과 국가가 요구하는 일이기에 무조건 복종하는 자세로 가정도 팽개치고 나다닌다. 이런 것을 말리는 남편을 봉건적 잔재의 소산이라고 비판할 정도이다. 남편 김장한은 아내의 이런 행위 자체가 싫은 것이 아니라 갑자기 돌변하여 위로부터 시키는 일이라면 무조건 따르는 순응적인 행위가 더 미운 것이다. 결국 아내는 이런 남편을 봉건이라고 규정하고 더 높은 지위를 향하여 타지로 나가고, 이를 결별로 받아들인 남편은 다시 짐을 싸서 형이 있는 서울로 떠나는 것이다. 얼핏 보면 부부의 이별을 다루고 있는 것처럼 보이지만 해방 후 우리 조선인들의 행태, 특히 한 자리를 차지하여 벼락출세하려고 하는 모습을 비판하고 있는 것이다. 출세를 하기 위해서는 위에서 시키는 대로 해야 한다는 것이다. 밑으로부터의 해방이 아니라 위로부터의 해방이 가져다주는 폐해를 조선인들의 삶을 통해서 보여주는 것이다. 이 작품 역시 귀환의 플롯을 띠고 있지만 실제로는 위로부터의 해방이 조선인들에게 가져다 준 실제적인 의미를 묻는 것이라고 할 수 있다. 이 작품에서도 주인공이 만주에서 귀환하고 있다는 것은 하나의 배경으로 떨어지고 말았다.

앞서 「삼팔선」이 소련군과 미군이 주둔한 삼팔선 이남과 이북의 혼란을 다루었다면, 「이합」은 위로부터의 해방 속에서 조선인들이 한몫 잡으려고 하는 행태를 비판하고 있는 것이다. 이 두 개의 주제는 첫 작품인 「해방의 아들」에서도 부분적으로 드러나고 있음을 이미 지적한 바 있다. 물론 「해방의 아들」에서는 해방 전후의 역사적 연속성이 강하기 때문에 이 주제가 밑으로 잠복되어 있었던 것이다. 하지만 당면한 현실에 대한 비판적 개입이 급한 까닭에 이러한 현실의 문제들이 부상하고 오히려 만주국이 배경으로 떨어지고 마는 것이다. 해방 전후의 역사적 연속성 문제를 다루었을 때에는 만주국이 핵심적인 전사로서 작동했지만, 당면의 현실에의 개입에서는 후경으로 물러난 것이다.

3) 만주 전재민의 정착과 민족적 통합에의 열망

1948년 8월 남북이 분단된 것은 염상섭에게 참기 어려운 고통이었다. 안동에서 신의주로, 신의주에서 서울로 귀환한 후에 본격적인 글쓰기를 하면서 집중했던 것이 통일독립이었기 때문이었다. 염상섭은 삼팔선 이북과 이남을 모두 체험하였기 때문에 당시 그 어떤 작가보다도 한반도의 미래에 대해서 많은 생각을 갖게 되었다. 게다가 만주국에서 활동할 때에도 끝없이 조선 민족의 자립이란 문제에 대해서 고민하면서 협력하지 않고 살아온 터라 더욱 그러하였다. 하지만 현실에서는 그의 바람과는 반대로 분단이 되었다. 그토록 걱정하던 사태가 벌어진 것이다. 아마도 염상섭의 고통은 더욱 컸을 것이다.

하지만 염상섭을 더욱 고통스럽게 만든 것은 분단 이후 남한의 냉전적 반공주의 억압의 현실이었다. 분단이 확정되자 일반 사회뿐만 아니라 문학계에서도 반공적 억압이 가속화되었다. 한때 남북의 통일을 바라며 했던 모든 형태의 노력이 갑자기 불온하게 취급당하였다. 염상섭은 남북협상을 지지하다가 구금될 정도로 분단 극복을 위해 노력했는데 이 모든 것이 갑자기 빨갱이로 취급당하는 사태가 벌어졌다. 이제는 현실의 문제에 직접적으로 개입하는 것조차 불가능해져 버린 것이다. 1949년 중반 이후에는 국가보안법이 만들어져 전무한 사상적 탄압이 가해졌기에 염상섭과 같은 지식인이 발언할 공간은 더욱 좁아졌다. 그 자신도 강제로 보도연맹에 가입할 정도니 당시의 사정을 짐작할 수 있다.

우회적인 글쓰기만이 가능해진 공간에서 염상섭이 찾은 것 중의 하나가 만주국이라는 것은 대단히 역설적이다. 만주국에서 선생을 하다가 서울로 귀환하였지만 잠시 들었던 적산가옥이 불타는 바람에 산골의 방공굴로 이사하여 거주하는 한 여인네의 이야기이다. 만주국에서 일본말로 학생들을 가르쳤기에 해방된 남쪽에서 선생을 할 수도 없어서 공장에 나가 노동일을 하면서 남매를 키운다, 아동문학의 틀을 갖고 있기에 얼핏 보면 아동들의 우애를 다룬 것처럼 보인다. 잘 사는 집 아이가 잘 살지 못하는 아이를 이해하고 끌어안는 것이 주 이야기이기 때문이다. 하지만 이 작품의 진짜 주제는 민족적 통합이다. 해방 전에 일본 제국의 치하에 있을 때 뿔뿔이 헤어져 살아야 했던 조선 사람들이 해방 후에는 누구의 눈치도 보지 않고 함께 모여서 살아야 한다는 것이다. 현실에서는 남북이 갈라져 따로 살고 있는 것이기에 진정한 독립과는 거리가 먼 것이다. 미국과 소련이 자국의 이해를 위해 한반도의 통일독립을 진정으로 주선하지 않는 탓도 있고, 다른 한편에서는 조선인들이 개개인의 잇속을 차리기 위하여 민족의 장래를 제대로 보지 않는 탓도 있는 것이다. 이런 점들 때문에 조선 민족이 갈라져 살아가야 하고 식민지와는 다른 방식으로 고통을 감내해야 하는 것은 도저히 참을 수 없다는 것이다. 자칫 잘못하면 전쟁이 나서 많은 사람들이 다치는 극단적인 사태도 벌어질 수 있다. 그렇기에 이런 방식으로의 통합이라도 보여줌으로써 통일과 독립의 의미를 되새기고 분단세력에 경고를 주려고 한 것으로 보인다.

현실에서 통일독립이 좌절되고 험난한 앞길만이 예고된 상태에서 조선 민족이 통합된 모습을 애써 찾으려고 했을 때 현실에서는 결코 쉽지 않았다. 또 발견한다 하더라도 그리는 것은 다른 문제이다. 현실에 직접적으로 개입하는 것이 어렵기 때문이다. 이럴 때 그가 떠올린 것이 만주에서 돌아온 조선인들이 원래 한반도에서 거주하던 이들과 잘 섞여 사는 모습이다. 실제로 이 작품은 이전의 귀환 이야기와는 매우 다르다. 「해방의 아들」이 안동에서 신의주이고 「삼팔선」과 「이합」이 신의주에서 서울이라면, 이 작품은 이미 서울로 귀환하여 살고 있는 것을 배경으로 하고 있다. 서울로 오기까지 어떤 과정을 겪었는가 하는 것은 이 작품에서는 전혀 나오지 않는다. 알 수 있는 정보는 과거 만주국에서 일본어로 학생들을 가르치면서 살았다는 것과 거기서 남편을 잃었다는 것밖에 없다. 이제 만주국은 전사도 아니고 배경이 아니고 오로지 과거의 기억일 뿐이다. 민족이 분열되는 안타까운 현실에서 통합된 민족이란 가느다란 희망을 보여주기 위하여 불러온 것에 지나지 않는 것이다. 만주국의 삶이 현재와 전혀 연결되지 않는다.

이러한 점은 이 작품의 중심축이 더 이상 만주에서 온 사람이 아니라 서울에서 살고 있는 사람이라는 점에서 더욱 분명하게 드러난다. 앞의 작품들에서는 하나같이 만주에서 귀환하는 이들이 작품의 중심축이 되고 있다. 하지만 이 작품에서는 귀환하여 서울에 정착하는 이는 부차적이고 중심축은 해방 전부터 서울에서 거주하였다가 해방 후에도 그대로 살고 있는 붙박이 인물이다. 이미 단단한 기반을 갖고 있는 서울 사람이 만주에서 귀환한 뿌리 뽑힌 이를 받아들이는 과정이 이 작품의 핵심이다.

3. 아동문학의 형식과 민주주의에의 열망

냉전적 반공주의의 폭압적인 상황에서 염상섭이 아동문학의 형식을 통해 끌어들인 것은 민주주의이다. 이 민주주의가 가장 뚜렷하게 드러나는 것이 바로 작중 주인공인 규상에서이다. 규상은 비교적 잘 사는 집안의 아이임에도 불구하고 항상 자기보다 힘이 약한 사람에 대한 동정과 연민을 갖고 산다. 비록 어머니를 잃고 계모 밑에서 살기에 마음속에 큰 상처를 안고 있지만 자기를 내세우지 않는다. 그렇기 때문에 이 동네에서 들어와서 힘들게 사는 완식이를 보았을 때 깊이 공감하고 벗으로 지내기를 원한다. 완식이가 학비를 벌기 위해 어머니와 같이 채석장에서 일하는 것을 없이 여기면서 깔보는 영길이의 태도에 대해 강한 비판을 보이는 것도 바로 이러한 심성에서 나오는 것이다. 영길이는 항상 힘을 내세워 주변의 사람들을 제압하는 아이이다. 자기보다 좀 나은 형편인 규상이를 무시하지 못하는 것도 벗으로서의 연대감보다는 자기보다 잘 살기에 눈치를 보는 것뿐이다. 반면에 자기보다 힘이 없거나 잘 살지 못하는 아이들을 보면 무시하기도 하고 없이 여기는 것이다. 그렇기에 가난한 완식이를 무시하고 왕따를 시키는 것이다. 규상은 이런 영길에 대해서 그냥 두고 보지 않는다. 자기보다 힘이 세지만 옳은 길이 아니라고 했을 때에는 항의하고 심지어는 싸우기도 하는 것이다. 그런 점에서 규상이는 일제 하 「삼대」에 나오는 덕기라든가, 해방 직후 「효풍」에 나오는 이를 잇는 인물이라고 할 수 있다.

규상과 더불어 이 작품에서 민주주의와 관련하여 주목을 요하는 인물은 완식이다. 완식은 홀어머니와 함께 만주국에서 서울로 왔지만 기댈 곳이 전혀 없는 전재민의 아이이다. 남산의 전재민 적산가옥이 불타는 바람에 어쩔 수 없이 이 마을의 방공호에 살고 있지만 자존심은 하늘을 찌른다. 학교에 가고 싶지만 돈이 없어 어머니와 함께 채석장에 나가 학비를 벌지만 자기에게 위압을 가하는 이들과는 타협하지 않는다. 비록 가난하지만 인간으로서의 자존심을 굽히지 않는 것이다. 영길이에게 대들었던 것도 부당한 것에 타협하지 않겠다는 의식이 있기에 가능하다. 그리고 규상 같은 친구들이 선의로 대하는 일이라도 자신의 자존심을 저해하는 느낌이 들면 바로 거부할 정도로 결기가 센 아이이다. 비록 가난하지만 누구에게도 굴종하지 않으려고 하는 태도는 그 자체로 민주주의의 중요한 태도인 것이다. 힘이 센 권력에 아부하지 않고 추종하지 않고 자기를 지키려는 태도야말로 민주주의의 출발인 것이기 때문이다. 이러한 면은 운동화 삽화에서 잘 드러난다. 완식이가 운동화가 없다는 것을 알고는 규상이 자기의 운동화를 주려고 했을 때 직접 그에게 주지 않고 완식의 집에 슬그머니 두고 온다. 완식이의 자존심을 잘 알고 있는 터라 이러한 방법을 취한 것이다. 친구의 자존심을 다치지 않게 하려고 하는 규상의 뜻도 가상하지만 더욱 돋보이는 것은 어려운 처지에서도 결코 굽히지 않는 완식의 이 자존적 태도이다. 근대 이후 힘센 권력에 빌붙어 살아온 사람에 대한 한없는 증오와 비판을 행하였던 염상섭이 추구하였던 가치를 이 아이도 가지고 있는 것이다.

이 작품에서는 또 다른 민주주의에의 열망을 확인할 수 있는데 그것은 아이와 어른의 관계에서이다. 전통적인 가부장적 질서가 강한 이 사회에서 아이와 어른의 관계는 일방적인 수직적 관계에 기초해 있었다. 그런 점에서 민주주의가 가장 취약한 곳 중의 하나가 가정과 사회에서는 위계이다. 특히 어른들이 아이들에 대해 일방적으로 가하는 폭력은 민주주의를 해치는 결정적인 요인이라고 할 수 있다. 서구 근대에 대해서 대단히 비판적인 염상섭이기에 서구 근대 이전 세계에 대해서 일정한 동경을 가지고 있기는 하지만 이 가부장적인 전통에 대해서는 아주 강하게 비판하였다. 남성들이 여성을 억압하는 것과 더불어 염상섭이 가장 비판하는 것

중의 하나가 바로 이 가부장적 질서이다. 그런데 이 작품에서는 다른 가능성을 보여줌으로써 이를 비판하고 있어 흥미롭다.

규상이 새로 이사 온 완식과 친해진 후에 이 가정 내막을 알게 되면서 친구의 엄마를 자기 집에서 일할 수 있게 한다. 채석장과 공장에서 힘들게 일하던 친구의 엄마를 자기 집에서 일하게 함으로써 좀 더 나은 환경을 제공하려고 한다. 그런데 이 일은 어른들로서는 하기 힘든 일이다. 그런데 주인공은 이를 아버지에게 설득하여 관철하고 만다. 보통 이런 가정의 중요한 결정은 어른들이 한다. 특히 아버지들이 그 중심에 서는 것이다. 그런데 이 작품에서는 아이들의 결정을 아버지가 받아들이는 방식으로 그려져 있다. 결코 당시 사회에서 찾아보기 힘든 이러한 설정을 한 것은 우리 사회가 민주주의를 제대로 구현하는 것이 얼마나 중요한가에 대한 작가의 지향을 읽을 수 있다.

　　완식이 어머니는 이런 각박한 세상에 이렇게 인정 있는 사람도 있는가 생각하면, 세상이 밝아진 것 같고, 살 재미를 오래간만에 깨닫는 듯도 싶다.
　　"좋습니다. 어린 아이들의 의사나 기분을 존중하셔야죠"
　　규상이 아버지가 고개를 끄덕끄덕하니까, 영감님도 웃으며,
　　"아이들 중심으로 어른 독재가 아니신 걸 보니, 댁에선 민주주의를 단단히 실천하십니다그려."
하고 말을 받는다.
　　"암 그렇죠, 워낙은 가정에서부터 민주 정신이 실천돼야죠 어린이의 의사와 인격을 존중하는 것이 민주주의 실천의 첫걸음이라구 나는 생각합니다만, 터놓고 말씀하면 아이들이 남의 집에 얹혀서 끼아치고 있다, 밥을 얻어먹고 있다는, 이런 생각이 들어서는 안 될 거니까, 할 만큼 일을 하고 정당한 보수를 받는 것이라는 것을 잘 알아듣도록 일러 주세요

나두 그런 생각으루 대접해 드릴 것이니까요."(165~166쪽)

해방이 된 후에 우리 사회가 한층 더 민주주의로 다가설 것으로 예상했던 염상섭의 기대는 시간이 갈수록 사그라들었다. 자기의 이익을 위해서는 무엇이든지 하려고 하고 권력의 힘에 기대어 모든 것을 해결하려고 하고 거기에 순응하는 조선인들을 보았을 때 염상섭의 실망은 컸다. 특히 냉전적 반공주의가 강화되면서 개인의 자유와 공동체의 수평적 연대가 위축되고 그 대신에 국가가 강화되는 것을 보면서 민주주의의 실현에는 시간이 걸린다는 사실을 알게 되었다. 그가 어른이 아닌 아이들에게 희망을 건 것도 바로 이러한 이유 때문일 것이다. 또한 그가 갑자기 '소년소설'이라고 이름이 붙은 아동문학을 창작한 것도 이러한 미래에의 희망 때문이 아니었던가 한다.

4. 민족적 통합과 민주주의의 변증법

염상섭은 1차 대전을 전후하여 서구의 근대에 대해서 비판적인 입장을 가졌다. 이전만 해도 서구 근대는 무조건 추구해야 할 대상이자 목표였지만 유럽 국가들이 제국주의적 이익을 위해 서로 갈등하고 마침내 전쟁을 치르는 것을 보면서 서구 근대 전반에 대해 회의를 가지게 되었고 이후에는 서구 근대에 대한 비판적 입장을 줄곧 견지하였다. 서구 근대를 비판한다고 해서 서구 그 자체를 전부 부정하는 것은 아니었다. 서구의 문명 중에서도 취해야 할 것은 취하고 버릴 것은 버리자는 태도였다. 단지 일방적으로 따라가지는 않는다는 것이다. 이런 염상섭이었기에 서구의 근대와 다르게 전개되는 비서구 근대의 양상을 주목하였고 그 긍정과 부정적 양상을 예리하게 관찰하면서 넘어서려고 노력하였다.

염상섭은 내셔널리즘에 기초한 서구의 국민국가가 제국주의로 전화할 수 있다는 것을 잘 알고 있는 터라 국민국가와 내셔널리즘을 극도로 경계하였다. 일제의 식민지인 조선이 이 길을 그대로 답습할 수 있음을 경계하면서 제국으로부터의 해방을 추구하였고, 해방된 이후에는 새로운 국가가 역시 서구의 국민국가를 그대로 밟을 것을 우려하면서도 통일독립을 지향하였다. 그가 해방을 바라고 통일독립을 기대하지만 항상 그것이 서구의 단순한 내셔널리즘과 국민국가로 귀결되는 것을 방지하기 위해 사유하였는데 그 핵심이 바로 민주주의였다. 민족적 통합이란 절실한 과제가 민주주의와 결합하지 못할 때 발생할 수 있는 위험을 알기에 그 둘 사이의 연관을 강조하였던 것이다. 민족적 통합이 내부의 차이(계급적 성적)를 무화하고 국가를 강화하는 방향으로 나아가는 것을 막는 것이 바로 민주주의인 것이라는 점을 염상섭은 1920년대 이후 줄곧 강조하였고 이 점은 해방 후에도 마찬가지였다. 「채석장의 소년」이 비록 냉전적 반공주의의 극단의 시대 하에서 창작된 것이어서 앞서 보았던 것처럼 만주국을 불러온다든가 아동문학의 형식을 띠는 등 우회적인 방식을 채택하지만 민족적 통합과 민주주의를 결부시키는 동시에 확보하려는 지향만큼은 강하게 관철하고 있음을 알 수 있다. 바로 이 점이 염상섭 문학을 오늘날에도 새롭게 읽을 수 있는 근거이기도 한 것이다.

염상섭(1897~1963)

한국근대문학이 계몽주의적 성격을 벗어나기 시작한 1920년대에 처녀작을 발표한 염상섭은 분단된 남한 사회에서 1963년에 작고하기 전까지 동시대 삶을 증언하면서 내일을 꿈꾸었던 탁월한 산문정신의 소유자였다. 식민지 현실과 분단 현실의 한복판에서 생의 기미를 포착하면서도 세계 속의 한반도를 읽었기에 우리의 삶을 이상화시키지도 세태화시키지도 않았다. 처녀작 「표본실의 청개구리」를 비롯하여 「만세전」, 「삼대」, 「효풍」 등은 이러한 성취의 산물로서 우리 근대 문학의 고전으로 자리 잡은 지 오래다. 제국주의적 지구화의 과정에서 동아시아 및 비서구가 겪는 다양한 문제를 천착하여 보편성을 얻었던 그의 문학세계는 이제 더 이상 한국인만의 것은 아니다.

작품 해설 **김재용**

원광대학교 국어국문학과 교수.
저서로 『협력과 저항』, 『세계문학으로서의 아시아문학』 등이 있음.

채석장의 소년 採石場의 少年

초판 1쇄 발행 2015년 12월 28일
초판 2쇄 발행 2017년 2월 28일

지 은 이 염상섭
펴 낸 이 최종숙
펴 낸 곳 글누림출판사

책임편집 이태곤
편   집 권분옥 홍혜정 박윤정
디 자 인 안혜진 홍성권 최기윤
마 케 팅 박태훈 안현진
기   획 고나희 이승혜

주 소 서울시 서초구 동광로46길 6-6(반포4동 577-25) 문창빌딩 2층(우 06589)
전 화 02-3409-2055(대표), 2058(영업), 2060(편집)
팩 스 02-3409-2059
전자메일 nurim3888@hanmail.net
홈페이지 www.geulnurim.co.kr
등록번호 제303-2005-000038호(2005.10.5)

정 가 12,000원
ISBN 978-89-6327-328-0 04810
      978-89-6327-327-3(세트)

출력/인쇄 · 성환C&P 제책 · 동신제책사 용지 · 에스에이치페이퍼

＊이 도서의 국립중앙도서관 출판예정도서목록(CIP)은 서지정보유통지원시스템 홈페이지(http://seoji.nl.go.kr)와
  국가자료공동목록시스템(http://www.nl.go.kr/kolisnet)에서 이용하실 수 있습니다.(CIP제어번호: CIP2015033898)